Hermann Hesse

# DIESSEITS

Erzählungen

S. Fischer Verlag

›Aus Kinderzeiten‹: Erstmals in ›Die Rheinlande‹,
Düsseldorf, September 1904
›Die Marmorsäge‹: Erstmals in ›Über Land und Meer‹,
Stuttgart, September 1904
›Heumond‹: Erstmals in ›Die neue Rundschau‹,
Berlin, März 1905
›Der Lateinschüler‹: Erstmals in ›Über Land und Meer‹,
Stuttgart, Frühjahr 1906
›Eine Fußreise im Herbst‹: Erstmals in ›Die Rheinlande‹,
Düsseldorf, Februar 1906

Die Erstausgabe von ›Diesseits‹ erschien 1907
im S. Fischer Verlag, Berlin
Alle Erzählungen dieses Bandes
wurden vom Autor in den Jahren 1928 bis 1930
für die erweiterte Neuausgabe, die 1930 innerhalb
der ›Gesammelten Werke in Einzelausgaben‹ erschien, überarbeitet.
Der hier abgedruckte Text folgt diesen revidierten Fassungen.

Lizenzausgabe mit freundlicher Genehmigung
des Suhrkamp Verlages, Frankfurt am Main

Satz: Wagner GmbH, Nördlingen
Druck und Einband: Clausen & Bosse, Leck
Printed in Germany.
ISBN 3-10-031406-9

INHALT

# AUS KINDERZEITEN

Der ferne braune Wald hat seit wenigen Tagen einen heiteren Schimmer von jungem Grün; am Lettensteg fand ich heute die erste halberschlossene Primelblüte; am feuchten klaren Himmel träumen die sanften Aprilwolken, und die weiten, kaum gepflügten Äcker sind so glänzend braun und breiten sich der lauen Luft so verlangend entgegen, als hätten sie Sehnsucht, zu empfangen und zu treiben und ihre stummen Kräfte in tausend grünen Keimen und aufstrebenden Halmen zu erproben, zu fühlen und wegzuschenken. Alles wartet, alles bereitet sich vor, alles träumt und sproßt in einem feinen, zärtlich drängenden Werdefieber – der Keim der Sonne, die Wolke dem Acker, das junge Gras den Lüften entgegen. Von Jahr zu Jahr steh ich um diese Zeit mit Ungeduld und Sehnsucht auf der Lauer, als müßte ein besonderer Augenblick mir das Wunder der Neugeburt erschließen, als müsse es geschehen, daß ich einmal, eine Stunde lang, die Offenbarung der Kraft und der Schönheit ganz sähe und begriffe und miterlebte, wie das Leben lachend aus der Erde springt und junge große Augen zum Lichte aufschlägt. Jahr für Jahr auch tönt und duftet das Wunder an mir vorbei, geliebt und angebetet – und unverstanden; es ist da, und ich sah es nicht kommen, ich sah nicht die Hülle des Keimes brechen und den ersten zarten Quell im Lichte zittern. Blumen stehen plötzlich allerorten, Bäume glänzen mit lichtem Laube oder mit schaumig weißer Blust, und Vögel werfen sich jubelnd in schönen Bogen durch die warme Bläue. Das Wunder ist erfüllt, ob ich es auch nicht gesehen habe, Wälder wölben sich, und ferne Gipfel rufen, und es ist Zeit, Stiefel und Tasche, Angelstock und Ruderzeug zu rüsten und sich mit allen Sinnen des jungen Jahres zu freuen, das jedesmal schöner ist, als es jemals war, und das jedesmal eiliger zu schreiten scheint. – Wie lang, wie unerschöpflich lang ist ein Frühling vorzeiten gewesen, als ich noch ein Knabe war!

Und wenn die Stunde es gönnt und mein Herz guter Dinge ist, leg ich mich lang ins feuchte Gras oder klettere den nächsten tüchtigen Stamm hinan, wiege mich im Geäste, rieche den Knospenduft und das frische Harz, sehe Zweigenetz und Grün und Blau sich über mir verwirren und trete traumwandelnd als ein stiller Gast in den seligen Garten meiner Knabenzeit. Das gelingt so selten und ist so köstlich, einmal wieder sich dort hinüberzuschwingen und die klare Morgenluft der ersten Jugend zu atmen und noch einmal, für Augenblicke, die Welt so zu sehen, wie sie aus Gottes Händen kam und wie wir alle sie in Kinderzeiten gesehen haben, da in uns selber das Wunder der Kraft und der Schönheit sich entfaltete.

Da stiegen die Bäume so freudig und trotzig in die Lüfte, da sproß im Garten Narziß und Hyazinth so glanzvoll schön; und die Menschen, die wir noch so wenig kannten, begegneten uns zart und gütig, weil sie auf unserer glatten Stirn noch den Hauch des Göttlichen fühlten, von dem wir nichts wußten und das uns ungewollt und ungewußt im Drang des Wachsens abhanden kam. Was war ich für ein wilder und ungebändigter Bub, wieviel Sorgen hat der Vater von klein auf

um mich gehabt und wieviel Angst und Seufzer die Mutter! – und doch lag auch auf meiner Stirne Gottes Glanz, und was ich ansah, war schön und lebendig, und in meinen Gedanken und Träumen, auch wenn sie gar nicht frommer Art waren, gingen Engel und Wunder und Märchen geschwisterlich aus und ein.
Mir ist aus Kinderzeiten her mit dem Geruch des frischgepflügten Ackerlandes und mit dem keimenden Grün der Wälder eine Erinnerung verknüpft, die mich in jedem Frühling heimsucht und mich nötigt, jene halbvergessene und unbegriffene Zeit für Stunden wieder zu leben. Auch jetzt denke ich daran und will versuchen, wenn es möglich ist, davon zu erzählen.

In unserer Schlafkammer waren die Läden zu, und ich lag im Dunkel halbwach, hörte meinen kleinen Bruder neben mir in festen, gleichen Zügen atmen und wunderte mich wieder darüber, daß ich bei geschlossenen Augen statt des schwarzen Dunkels lauter Farben sah, violette und trübdunkelrote Kreise, die beständig weiter wurden und in die Finsternis zerflossen und beständig von innen her quellend sich erneuerten, jeder von einem dünnen gelben Streifen umrändert. Auch horchte ich auf den Wind, der von den Bergen her in lauen, lässigen Stößen kam und weich in den großen Pappeln wühlte und sich zuzeiten schwer gegen das ächzende Dach lehnte. Es tat mir wieder so leid, daß Kinder nachts nicht aufbleiben und hinausgehen oder wenigstens am Fenster sein dürfen, und ich dachte an eine Nacht, in der die Mutter vergessen hatte, die Läden zu schließen.

Da war ich mitten in der Nacht aufgewacht und leise aufgestanden und mit Zagen ans Fenster gegangen, und vor dem Fenster war es seltsam hell, gar nicht schwarz und todesfinster, wie ich mir vorgestellt hatte. Es sah alles dumpf und verwischt und traurig aus, große Wolken stöhnten über den ganzen Himmel, und die bläulich-schwarzen Berge schienen mitzufluten, als hätten sie alle Angst und strebten davon, um einem nahenden Unglück zu entrinnen. Die Pappeln schliefen und sahen ganz matt aus wie etwas Totes oder Erloschenes, auf dem Hof aber stand wie sonst die Bank und der Brunnentrog und der junge Kastanienbaum, auch sie ein wenig müd und trüb. Ich wußte nicht, ob es kurz oder lang war, daß ich im Fenster saß und in die bleiche verwandelte Welt hinüberschaute; da fing in der Nähe ein Tier zu klagen an, ängstlich und weinerlich. Es konnte ein Hund oder auch ein Schaf oder Kalb sein, das erwacht war und im Dunkeln Angst verspürte. Sie faßte auch mich, und ich floh in meine Kammer und in mein Bett zurück, ungewiß, ob ich weinen sollte oder nicht. Aber ehe ich dazu kam, war ich eingeschlafen.

Das alles lag jetzt wieder rätselhaft und lauernd draußen, hinter den verschlossenen Läden, und es wäre so schön und gefährlich gewesen, wieder hinauszusehen. Ich stellte mir die trüben Bäume wieder vor, das müde, ungewisse Licht, den verstummten Hof, die samt den Wolken fortfliehenden Berge, die fahlen Streifen am Himmel und die bleiche, undeutlich in die graue Weite verschimmernde Landstraße. Da schlich nun, in einen großen schwarzen Mantel verhüllt, ein Dieb, oder ein Mörder, oder war jemand verirrt und lief dort hin und her, von der Nacht geängstigt und von Tieren verfolgt. Es war vielleicht ein Knabe, so alt wie ich, der verlorengegangen oder fortgelaufen oder geraubt worden oder ohne Eltern war, und wenn er auch Mut hatte, so konnte doch der nächste Nachtgeist ihn umbringen oder der Wolf ihn holen. Vielleicht nahmen ihn auch die Räuber mit in den Wald, und er wurde selber ein Räuber, bekam ein Schwert oder eine zweiläufige Pistole, einen großen Hut und hohe Reiterstiefel.

Von hier war es nur noch ein Schritt, ein willenloses Sichfallenlassen, und ich stand im Träumeland und konnte alles mit Augen sehen und mit Händen anfassen, was jetzt noch Erinnerung und Gedanke und Phantasie war.

Ich schlief aber nicht ein, denn in diesem Augenblick floß durch das Schlüsselloch der Kammertür, aus der Schlafstube der Eltern her, ein dünner, roter Lichtstrom zu mir herein, füllte die Dunkelheit mit einer schwachen zitternden Ahnung von Licht und malte auf die plötzlich matt aufschimmernde Tür des Kleiderkastens einen gelben, zackigen Fleck. Ich wußte, daß jetzt der Vater ins Bett ging. Sachte hörte ich ihn in Strümpfen herumlaufen, und gleich darauf vernahm ich auch seine gedämpfte tiefe Stimme. Er sprach noch ein wenig mit der Mutter.

»Schlafen die Kinder?« hörte ich ihn fragen.

»Ja, schon lang«, sagte die Mutter, und ich schämte mich, daß ich nun doch wach war. Dann war es eine Weile still, aber das Licht brannte fort. Die Zeit wurde mir lang, und der Schlummer wollte mir schon bis in die Augen steigen, da fing die Mutter noch einmal an.

»Hast auch nach dem Brosi gefragt?«
»Ich hab ihn selber besucht«, sagte der Vater. »Am Abend bin ich dort gewesen. Der kann einem leid tun.«
»Geht's denn so schlecht?«
»Ganz schlecht. Du wirst sehen, wenn's Frühjahr kommt, wird es ihn wegnehmen. Er hat schon den Tod im Gesicht.«
»Was denkst du«, sagte die Mutter, »soll ich den Buben einmal hinschicken? Es könnt vielleicht gut tun.«
»Wie du willst«, meinte der Vater, »aber nötig ist's nicht. Was versteht so ein klein Kind davon?«
»Also gut Nacht.«
»Ja, gut Nacht.«
Das Licht ging aus, die Luft hörte auf zu zittern, Boden und Kastentür waren wieder dunkel, und wenn ich die Augen zumachte, konnte ich wieder violette und dunkelrote Ringe mit einem gelben Rand wogen und wachsen sehen.
Aber während die Eltern einschliefen und alles stille war, arbeitete meine plötzlich erregte Seele mächtig in die Nacht hinein. Das halbverstandene Gespräch war in sie gefallen wie eine Frucht in den Teich, und nun liefen schnellwachsende Kreise eilig und ängstlich über sie hinweg und machten sie vor banger Neugier zittern.
Der Brosi, von dem die Eltern gesprochen hatten, war fast aus meinem Gesichtskreis verloren gewesen, höchstens war er noch eine matte, beinahe schon verglühte Erinnerung. Nun rang er sich, dessen Namen ich kaum mehr gewußt hatte, langsam kämpfend em-

por und wurde wieder zu einem lebendigen Bilde. Zuerst wußte ich nur, daß ich diesen Namen früher einmal oft gehört und selber gerufen habe. Dann fiel ein Herbsttag mir ein, an dem ich von jemand Äpfel geschenkt bekommen hatte. Da erinnerte ich mich, daß das Brosis Vater gewesen sei, und da wußte ich plötzlich alles wieder.

Ich sah also einen hübschen Knaben, ein Jahr älter, aber nicht größer als ich, der hieß Brosi. Vielleicht vor einem Jahre war sein Vater unser Nachbar und der Bub mein Kamerad geworden; doch reichte mein Gedächtnis nimmer dahin zurück. Ich sah ihn wieder deutlich: er trug eine gestrickte blaue Wollenkappe mit zwei merkwürdigen Hörnern, und er hatte immer Äpfel oder Schnitzbrot im Sack, und er hatte gewöhnlich einen Einfall und ein Spiel und einen Vorschlag parat, wenn es anfangen wollte, langweilig zu werden. Er trug eine Weste, auch werktags, worum ich ihn sehr beneidete, und früher hatte ich ihm fast gar keine Kraft zugetraut, aber da hieb er einmal den Schmiedsbarzle vom Dorf, der ihn wegen seiner Hörnerkappe verhöhnte (und die Kappe war von seiner Mutter gestrickt), jämmerlich durch, und dann hatte ich eine Zeitlang Angst vor ihm. Er besaß einen zahmen Raben, der hatte aber im Herbst zu viele junge Kartoffeln ins Futter bekommen und war gestorben, und wir hatten ihn begraben. Der Sarg war eine Schachtel, aber sie war zu klein, und der Deckel ging nimmer drüber, und ich hielt eine Grabrede wie ein Pfarrer, und als der Brosi dabei anfing zu weinen, mußte mein kleiner Bruder lachen; da schlug ihn der Brosi, da schlug ich ihn wieder, der Kleine heulte, und wir liefen auseinander, und nachher kam Brosis Mutter zu uns herüber und sagte, es täte ihm leid, und wenn wir morgen nachmittag zu ihr kommen wollten, so gäbe es Kaffee und Hefenkranz, er sei schon im Ofen. Und bei dem Kaffee erzählte der Brosi uns eine Geschichte, die fing mittendrin immer wieder von vorne an, und obwohl ich die Geschichte nie behalten konnte, mußte ich doch lachen, so oft ich daran dachte.

Das war aber nur der Anfang. Es fielen mir zu gleicher Zeit tausend Erlebnisse ein, alle aus dem Sommer und Herbst, wo Brosi mein Kamerad gewesen war, und alle hatte ich in den paar Monaten, seit er nimmer kam, so gut wie vergessen. Nun drangen sie von allen Seiten her, wie Vögel, wenn man im Winter Körner wirft, alle zugleich, ein ganzes Gewölk.

Es fiel mir der glänzende Herbsttag wieder ein, an dem des Dachtelbauers Turmfalk aus der Remise durchgegangen war. Der beschnittene Flügel war ihm gewachsen, das messingene Fußkettlein hatte er durchgerieben und den engen finsteren Schuppen verlassen. Jetzt saß er dem Haus gegenüber ruhig auf einem Apfelbaum, und wohl ein Dutzend Leute stand auf der Straße davor, schaute hinauf und redete und machte Vorschläge. Da war uns Buben sonderbar beklommen zumute, dem Brosi und mir, wie wir mit allen anderen Leuten dastanden und den Vogel anschauten, der still im Baume saß und scharf und kühn herabäugte. »Der kommt nicht wieder«, rief einer. Aber der Knecht Gottlob sagte: »Fliegen wann er noch könnt, dann wär er schon lang über Berg und Tal.« Der Falk probierte, ohne den Ast mit den Krallen loszulassen, mehrmals seine großen Flügel; wir waren schrecklich aufgeregt, und ich wußte selber nicht, was mich mehr freuen würde, wenn man ihn finge oder wenn er davonkäme. Schließlich wurde vom Gottlob eine Leiter angelegt, der Dachtelbauer stieg selber hinauf und streckte die Hand nach seinem Falken aus. Da ließ der Vogel den Ast fahren und fing an, stark mit den Flügeln zu flattern. Da schlug uns Knaben das Herz so laut, daß wir kaum atmen konnten; wir starrten bezaubert auf den schönen, flügelschlagenden Vogel, und dann kam der herrliche Augenblick, daß der Falke ein paar große Stöße tat, und wie er sah, daß er noch fliegen konnte, stieg er langsam und stolz in großen Kreisen höher und höher in die Luft, bis er so klein wie eine Feldlerche war und still im flimmernden Himmel verschwand. Wir aber, als die Leute schon lang verlaufen waren, standen noch immer da, hatten die Köpfe nach oben gestreckt und suchten den ganzen Himmel ab, und da tat der Brosi plötzlich einen hohen Freudensatz in die Luft und schrie dem Vogel nach: »Flieg du, flieg du, jetzt bist du wieder frei.«

Auch an den Karrenschuppen des Nachbars mußte ich denken. In dem hockten wir, wenn es so recht herunterregnete, im Halbdunkel zusammengekauert, hörten dem Klingen und Tosen des Platzregens zu und betrachteten den Hofboden, wo Bäche und Ströme und Seen entstanden und sich ergossen und durchkreuzten und veränderten. Und einmal, als wir so hockten und lauschten, fing der Brosi an und sagte: »Du, jetzt kommt die Sündflut, was machen wir jetzt? Also alle Dörfer sind schon ertrunken, das Wasser geht jetzt schon bis an den Wald.« Da dachten wir uns alles aus, spähten im Hof umher, horchten auf den schüttenden

Regen und vernahmen darin das Brausen ferner Wogen und Meeresströmungen. Ich sagte, wir müßten ein Floß aus vier oder fünf Balken machen, das würde uns zwei schon tragen. Da schrie mich der Brosi aber an: »So, und dein Vater und die Mutter, und mein Vater und meine Mutter, und die Katz und dein Kleiner? Die nimmst nicht mit?« Daran hatte ich in der Aufregung und Gefahr freilich nicht gedacht, und ich log zur Entschuldigung: »Ja, ich hab mir gedacht, die seien alle schon untergegangen.« Er aber wurde nachdenklich und traurig, weil er sich das deutlich vorstellte, und dann sagte er: »Wir spielen jetzt was anderes.«

Und damals, als sein armer Rabe noch am Leben war und überall herumhüpfte, hatten wir ihn einmal in unser Gartenhaus mitgenommen, wo er auf den Querbalken gesetzt wurde und hin und her lief, weil er nicht herunterkonnte. Ich streckte ihm den Zeigefinger hin und sagte im Spaß: »Da, Jakob, beiß!« Da hackte er mich in den Finger. Es tat nicht besonders weh, aber ich war zornig geworden und schlug nach ihm und wollte ihn strafen. Der Brosi packte mich aber um den Leib und hielt mich fest, bis der Vogel, der in der Angst vom Balken heruntergeflügelt war, sich hinausgerettet hatte. »Laß mich los«, schrie ich, »er hat mich gebissen«, und rang mit ihm.

»Du hast selber zu ihm gesagt: Jakob beiß!« rief der Brosi und erklärte mir deutlich, der Vogel sei ganz in seinem Recht gewesen. Ich war ärgerlich über seine Schulmeisterei, sagte »meinetwegen« und beschloß aber im stillen, mich ein anderes Mal an dem Raben zu rächen.

Nachher, als Brosi schon aus dem Garten und halb-

wegs daheim war, rief er mir noch einmal und kehrte um, und ich wartete auf ihn. Er kam her und sagte: »Du, gelt, du versprichst mir ganz gewiß, daß du dem Jakob nichts mehr tust?« Und als ich keine Antwort gab und trotzig war, versprach er mir zwei große Äpfel, und ich nahm an, und dann ging er heim.
Gleich darauf wurden auf dem Baum in seines Vaters Garten die ersten Jakobiäpfel reif; da gab er mir die versprochenen zwei Äpfel, von den schönsten und größten. Ich schämte mich jetzt und wollte sie nicht gleich annehmen, bis er sagte: »Nimm doch, es ist ja nicht mehr wegen dem Jakob; ich hätt sie dir auch so gegeben, und dein Kleiner kriegt auch einen.« Dann nahm ich sie.
Aber einmal waren wir den ganzen Nachmittag auf dem Wiesenland herumgesprungen und dann in den Wald hineingegangen, wo unter dem Gebüsche weiches Moos wuchs. Wir waren müd und setzten uns auf den Boden. Ein paar Fliegen sumsten über einem Pilz, und allerlei Vögel flogen; von denen kannten wir einige, die meisten aber nicht; auch hörten wir einen Specht fleißig klopfen, und es wurde uns ganz wohl und froh zumute, so daß wir fast gar nichts zueinander sagten, und nur wenn einer etwas Besonderes entdeckt hatte, deutete er dorthin und zeigte es dem andern. In dem überwölbten grünen Raume floß ein grünes mildes Licht, während der Waldgrund in die Weite sich in ahnungsvolle braune Dämmerung verlor. Was sich dort hinten regte, Blättergeräusch und Vogelschlag, das kam aus verzauberten Märchengründen her, klang mit geheimnisvoll fremdem Ton und konnte viel bedeuten.

Weil es dem Brosi zu warm vom Laufen war, zog er seine Jacke aus und dann auch noch die Weste und legte sich ganz ins Moos hin. Da kam es, daß er sich umdrehte, und sein Hemd ging am Halse auf, und ich erschrak mächtig, denn ich sah über seine weiße Schulter eine lange rote Narbe hinlaufen. Gleich wollte ich ihn ausfragen, wo denn die Narbe herkäme, und freute mich schon auf eine rechte Unglücksgeschichte; aber wer weiß, wie es kam, ich mochte auf einmal doch nicht fragen und tat so, als hätte ich gar nichts gesehen. Jedoch zugleich tat mir Brosi mit seiner großen Narbe furchtbar leid, sie hatte sicher schrecklich geblutet und weh getan, und ich faßte in diesem Augenblick eine viel stärkere Zärtlichkeit zu ihm als früher, konnte aber nichts sagen. Also gingen wir später miteinander aus dem Wald und kamen heim, dann holte ich in der Stube meine beste Kugelbüchse aus einem dicken Holderstamm, die hatte mir der Knecht einmal gemacht, und ging wieder hinunter und schenkte sie dem Brosi. Er meinte zuerst, es sei ein Spaß, dann aber wollte er sie nicht nehmen und legte sogar die Hände auf den Rücken, und ich mußte ihm die Büchse in die Tasche stecken.

Und eine Geschichte um die andere, alle kamen sie mir wieder. Auch die vom Tannenwald, der stand auf der anderen Seite vom Bach, und einmal war ich mit meinem Kameraden hinübergegangen, weil wir gern die Rehe gesehen hätten. Wir traten in den weiten Raum, auf den glatten braunen Boden zwischen den himmelhohen geraden Stämmen, aber so weit wir liefen, wir fanden kein einziges Reh. Dafür sahen wir eine Menge große Felsenstücke zwischen den bloßen Tannenwurzeln liegen, und fast alle diese Steine hatten Stellen, wo ein schmales Büschelchen helles Moos auf ihnen wuchs, wie kleine grüne Male. Ich wollte so ein Moosplätzchen abschälen, es war nicht viel größer als eine Hand. Aber der Brosi sagte schnell: »Nein, laß es dran!« Ich fragte warum, und er erklärte mir: »Das ist, wenn ein Engel durch den Wald geht, dann sind das seine Tritte; überall wo er hintritt, wächst gleich so ein Moosplatz in den Stein.« Nun vergaßen wir die Rehe und warteten, ob vielleicht gerade ein Engel käme. Wir blieben stehen und paßten auf; im ganzen Wald war eine Todesstille, und auf dem braunen Boden fackelten helle Sonnenflecken, in der Ferne gingen die senkrechten Stämme wie eine hohe Säulenwand zusammen, in der Höhe stand hinter den dichten schwarzen Kronen der blaue Himmel. Ein ganz schwaches kühles Wehen lief unhörbar hin und wieder vorüber. Da wurden wir beide bang und feierlich, weil es so ruhig und einsam war und weil vielleicht bald ein Engel kam, und wir gingen nach einer Weile ganz still und schnell miteinander weg, an den vielen Steinen und Stämmen vorbei und aus dem Wald hinaus. Als wir wieder auf der Wiese und über dem Bach waren, sahen wir noch eine Zeitlang hinüber, dann liefen wir schnell nach Haus.

Später hatte ich noch einmal mit dem Brosi Streit, dann versöhnten wir uns wieder. Es ging schon gegen den Winter hin, da hieß es, der Brosi sei krank und ob ich nicht zu ihm gehen wollte. Ich ging auch ein- oder zweimal, da lag er im Bett und sagte fast gar nichts, und es war mir bang und langweilig, obgleich seine Mutter mir eine halbe Orange schenkte. Und dann kam nichts mehr; ich spielte mit meinem Bruder und mit dem Löhnersnikel oder mit den Mädchen, und so ging eine lange, lange Zeit vorbei. Es fiel Schnee und schmolz wieder und fiel noch einmal; der Bach fror zu, ging wieder auf und war braun und weiß und machte eine Überschwemmung und brachte vom Obertal eine ertrunkene Sau und eine Menge Holz mit; es wurden kleine Hühner geboren, und drei davon starben; mein Brüderlein wurde krank und wurde wieder gesund; es war in den Scheuern gedroschen und in den Stuben gesponnen worden, und jetzt wurden die Felder wieder gepflügt, alles ohne den Brosi. So war er ferner und ferner geworden und am Ende verschwunden und von mir vergessen worden – bis jetzt, bis auf diese Nacht, wo das rote Licht durchs Schlüsselloch floß und ich den Vater zur Mutter sagen hörte: »Wenn's Frühjahr kommt, wird's ihn wegnehmen.«

Unter vielen sich verwirrenden Erinnerungen und Gefühlen schlief ich ein, und vielleicht wäre schon am nächsten Tage im Drang des Erlebens das kaum erwachte Gedächtnis an den entschwundenen Spielgefährten wieder untergesunken und wäre dann vielleicht nie mehr in der gleichen, frischen Schönheit und Stärke zurückgekommen. Aber gleich beim Frühstück fragte mich die Mutter: »Denkst du auch noch einmal an den Brosi, der immer mit euch gespielt hat?«

Da rief ich »ja«, und sie fuhr fort mit ihrer guten Stimme: »Im Frühjahr, weißt du, wäret ihr beide miteinander in die Schule gekommen. Aber jetzt ist er so krank, daß es vielleicht nichts damit sein wird. Willst du einmal zu ihm gehen?«

Sie sagte das so ernsthaft, und ich dachte an das, was

ich in der Nacht den Vater hatte sagen hören, und ich fühlte ein Grauen, aber zugleich eine angstvolle Neugierde. Der Brosi sollte, nach des Vaters Worten, den Tod im Gesicht haben, und das schien mir unsäglich grauenhaft und wunderbar.

Ich sagte wieder »ja«, und die Mutter schärfte mir ein: »Denk dran, daß er so krank ist! Du kannst jetzt nicht mit ihm spielen und darfst keinen Lärm verführen.«

Ich versprach alles und bemühte mich schon jetzt, ganz still und bescheiden zu sein, und noch am gleichen Morgen ging ich hinüber. Vor dem Hause, das ruhig und ein wenig feierlich hinter seinen beiden kahlen Kastanienbäumen im kühlen Vormittagslichte lag, blieb ich stehen und wartete eine Weile, horchte in die Flur hinein und bekam fast Lust, wieder heimzulaufen. Da faßte ich mir ein Herz, stieg schnell die drei roten Steinstufen hinauf und durch die offenstehende Türhälfte, sah mich im Gehen um und klopfte an die nächste Tür. Des Brosi Mutter war eine kleine, flinke und sanfte Frau, die kam heraus und hob mich auf und gab mir einen Kuß, und dann fragte sie: »Hast du zum Brosi kommen wollen?«

Es ging nicht lang, so stand sie im oberen Stockwerk vor einer weißen Kammertür und hielt mich an der Hand. Auf diese ihre Hand, die mich zu den dunkel vermuteten grauenhaften Wunderdingen führen sollte, sah ich nicht anders als auf die eines Engels oder eines Zauberers. Das Herz schlug mir geängstigt und ungestüm wie ein Warner, und ich zögerte nach Kräften und strebte zurück, so daß die Frau mich fast in die Stube ziehen mußte. Es war eine große, helle und behaglich nette Kammer; ich stand verlegen und grausend an der Tür und schaute auf das lichte Bett hin, bis die Frau mich hinzuführte. Da drehte der Brosi sich zu uns herum.

Und ich blickte aufmerksam in sein Gesicht, das war schmal und spitzig, aber den Tod konnte ich nicht darin sehen, sondern nur ein feines Licht, und in den Augen etwas Ungewohntes, gütig Ernstes und Geduldiges, bei dessen Anblick mir ähnlich ums Herz ward wie bei jenem Stehen und Lauschen im schweigenden Tannenwald, da ich in banger Neugierde den Atem anhielt und Engelsschritte in meiner Nähe vorbeigehen spürte.

Der Brosi nickte und streckte mir eine Hand hin, die heiß und trocken und abgezehrt war. Seine Mutter streichelte ihn, nickte mir zu und ging wieder aus der Stube; so stand ich allein an seinem kleinen hohen Bett und sah ihn an, und eine Zeitlang sagten wir beide kein Wort.

»So, bist du's denn noch?« sagte dann der Brosi.

Und ich: »Ja, und du auch noch?«

Und er: »Hat dich deine Mutter geschickt?«

Ich nickte.

Er war müde und ließ jetzt den Kopf wieder auf das Kissen fallen. Ich wußte gar nichts zu sagen, nagte an meiner Mützentroddel und sah ihn nur immer an und er mich, bis er lächelte und zum Scherz die Augen schloß.

Da schob er sich ein wenig auf die Seite, und wie er es tat, sah ich plötzlich unter den Hemdknöpfen durch den Ritz etwas Rotes schimmern, das war die große Narbe auf seiner Schulter, und als ich die gesehen hatte, mußte ich auf einmal heulen.

»Ja, was hast du denn?« fragte er gleich.
Ich konnte keine Antwort geben, weinte weiter und wischte mir die Backen mit der rauhen Mütze ab, bis es weh tat.
»Sag's doch. Warum weinst du?«
»Bloß weil du so krank bist«, sagte ich jetzt. Aber das war nicht die eigentliche Ursache. Es war nur eine Woge von heftiger und mitleidiger Zärtlichkeit, wie ich sie schon früher einmal gespürt hatte, die quoll plötzlich in mir auf und konnte sich nicht anders Luft machen.
»Das ist nicht so schlimm«, sagte der Brosi.
»Wirst du bald wieder gesund?«
»Ja, vielleicht.«
»Wann denn?«
»Ich weiß nicht. Es dauert lang.«
Nach einer Zeit merkte ich auf einmal, daß er eingeschlafen war. Ich wartete noch eine Weile, dann ging ich hinaus, die Stiege hinunter und wieder heim, wo ich sehr froh war, daß die Mutter mich nicht ausfragte. Sie hatte wohl gesehen, daß ich verändert war und etwas erlebt hatte, und sie strich mir nur übers Haar und nickte, ohne etwas zu sagen.
Trotzdem kann es wohl sein, daß ich an jenem Tage noch sehr ausgelassen, wild und ungattig war, sei es, daß ich mit meinem kleinen Bruder händelte oder daß ich die Magd am Herd ärgerte oder im nassen Feld strolchte und besonders schmutzig heimkam. Etwas Derartiges ist jedenfalls gewesen, denn ich weiß noch gut, daß am selben Abend meine Mutter mich sehr zärtlich und ernst ansah – mag sein, daß sie mich gern ohne Worte an heute morgen erinnert hätte. Ich ver-

stand sie auch wohl und fühlte Reue, und als sie das merkte, tat sie etwas Besonderes. Sie gab mir von ihrem Ständer am Fenster einen kleinen Tonscherben voll Erde, darin steckte eine schwärzliche Knolle, und diese hatte schon ein paar spitzige, hellgrüne, saftige junge Blättlein getrieben. Es war eine Hyazinthe. Die gab sie mir und sagte dazu: »Paß auf, das geb ich dir jetzt. Später wird's dann ein große rote Blume. Dort stell ich sie hin, und du mußt darauf achtgeben, man darf sie nicht anrühren und herumtragen, und jeden Tag muß man sie zweimal gießen; wenn du es vergißt, sag ich dir's schon. Wenn es aber eine schöne Blume werden will, darfst du sie nehmen und dem Brosi hinbringen, daß er eine Freude hat. Kannst du dran denken?«

Sie tat mich ins Bett, und ich dachte indessen mit Stolz an die Blume, deren Wartung mir als ein ehrenvoll wichtiges Amt erschien, aber gleich am nächsten Morgen vergaß ich das Begießen, und die Mutter erinnerte mich daran. »Und was ist denn mit dem Brosi seinem Blumenstock?« fragte sie, und sie hat es in jenen Tagen mehr als das eine Mal sagen müssen. Dennoch beschäftigte und beglückte mich damals nichts so stark wie mein Blumenstock. Es standen noch genug andere, auch größere und schönere, im Zimmer und im Garten, und Vater und Mutter hatten sie mir oft gezeigt. Aber es war nun doch das erstemal, daß ich mit dem Herzen dabei war, ein solches kleines Wachstum mit anzuschauen, zu erwünschen und zu pflegen und Sorge darum zu haben.

Ein paar Tage lang sah es mit dem Blümlein nicht erfreulich aus, es schien an irgendeinem Schaden zu leiden und nicht die rechten Kräfte zum Wachsen zu finden. Als ich darüber zuerst betrübt und dann ungeduldig wurde, sagte die Mutter einmal: »Siehst du, mit dem Blumenstock ist's jetzt gerade so wie mit dem Brosi, der so krank ist. Da muß man noch einmal so lieb und sorgsam sein wie sonst.«

Dieser Vergleich war mir verständlich und brachte mich bald auf einen ganz neuen Gedanken, der mich völlig beherrschte. Ich fühlte jetzt einen geheimen Zusammenhang zwischen der kleinen, mühsam strebenden Pflanze und dem kranken Brosi, ja ich kam schließlich zu dem festen Glauben, wenn die Hyazinthe gedeihe, müsse auch mein Kamerad wieder gesund werden. Käme sie aber nicht davon, so würde er sterben, und ich trüge dann vielleicht, wenn ich die Pflanze vernachlässigt hätte, mit Schuld daran. Als dieser Gedankenkreis in mir fertig geworden war, hütete ich den Blumentopf mit Angst und Eifersucht wie einen Schatz, in welchem besondere, nur mir bekannte und anvertraute Zauberkräfte verschlossen wären.

Drei oder vier Tage nach meinem ersten Besuch – die Pflanze sah noch ziemlich kümmerlich aus – ging ich wieder ins Nachbarhaus hinüber. Brosi mußte ganz still liegen, und da ich nichts zu sagen hatte, stand ich nahe am Bett und sah das nach oben gerichtete Gesicht des Kranken an, das zart und warm aus weißen Bettüchern schaute. Er machte hin und wieder die Augen auf und wieder zu, sonst bewegte er sich nicht, und ein klügerer und älterer Zuschauer hätte vielleicht etwas davon gefühlt, daß des kleinen Brosi Seele schon unruhig war und sich auf die Heimkehr besinnen wollte. Als gerade eine Angst

vor der Stille des Stübleins über mich kommen wollte, trat die Nachbarin herein und holte mich freundlich und leisen Schrittes weg.
Das nächste Mal kam ich mit viel froherem Herzen, denn zu Hause trieb mein Blumenstock mit neuer Lust und Kraft seine spitzigen freudigen Blätter heraus. Diesmal war auch der Kranke sehr munter.
»Weißt du auch noch, wie der Jakob noch am Leben war?« fragte er mich.
Und wir erinnerten uns an den Raben und sprachen von ihm, ahmten die drei Wörtlein nach, die er hatte sagen können, und redeten mit Begierde und Sehnsucht von einem grau und roten Papagei, der sich vorzeiten einmal hierher verirrt haben sollte. Ich kam ins Plaudern, und während der Brosi bald wieder ermüdete, hatte ich sein Kranksein für den Augenblick ganz vergessen. Ich erzählte die Geschichte vom entflogenen Papagei, die zu den Legenden unseres Hauses gehörte. Ihr Glanzpunkt war der, daß ein alter Hofknecht den schönen Vogel auf dem Dach des Schuppens sitzen sah, sogleich eine Leiter anlegte und ihn einfangen wollte. Als er auf dem Dach erschien und sich dem Papagei vorsichtig näherte, sagte dieser: »Guten Tag!« Da zog der Knecht seine Kappe herunter und sagte: »Bitt um Vergebung, jetzt hätt ich fast gemeint, Ihr wäret ein Vogeltier.«
Als ich das erzählt hatte, dachte ich, der Brosi müsse nun notwendig laut hinauslachen. Da er es nicht gleich tat, sah ich ihn ganz verwundert an. Ich sah ihn fein und herzlich lächeln, und seine Backen waren ein wenig röter als vorher, aber er sagte nichts und lachte nicht laut.

Da kam es mir plötzlich vor, als sei er um viele Jahre älter als ich. Meine Lustigkeit war im Augenblick erloschen, statt ihrer befiel mich Verwirrung und Bangigkeit, denn ich empfand wohl, daß zwischen uns beiden jetzt etwas Neues fremd und störend aufgewachsen sei.
Es surrte eine große Winterfliege durchs Zimmer, und ich fragte, ob ich sie fangen solle.
»Nein, laß sie doch!« sagte der Brosi.
Auch das kam mir vor wie von einem Erwachsenen gesprochen. Befangen ging ich fort.
Auf dem Heimweg empfand ich zum erstenmal in meinem Leben etwas von der ahnungsvollen verschleierten Schönheit des Vorfrühlings, das ich erst um Jahre später, ganz am Ende der Knabenzeiten, wieder gespürt habe.
Was es war und wie es kam, weiß ich nicht. Ich erinnere mich aber, daß ein lauer Wind strich, daß feuchte dunkle Erdschollen am Rande der Äcker aufragten und streifenweise blank erglänzten und daß ein besonderer Föhngeruch in der Luft war. Ich erinnere mich auch dessen, daß ich eine Melodie summen wollte und gleich wieder aufhörte, weil irgend etwas mich bedrückte und still machte.
Dieser kurze Heimweg vom Nachbarhaus ist mir eine merkwürdig tiefe Erinnerung. Ich weiß kaum etwas Einzelnes mehr davon; aber zuweilen, wenn es mir gegönnt ist, mit geschlossenen Augen mich dahin zurückzufinden, meine ich die Erde noch einmal mit Kindesaugen zu sehen – als Geschenk und Schöpfung Gottes, im leise glühenden Träumen unberührter Schönheit, wie wir Alten sie sonst nur aus den Werken

der Künstler und Dichter kennen. Der Weg war vielleicht nicht ganz zweihundert Schritt lang, aber es lebte und geschah auf ihm und über ihm und an seinem Rande unendlich viel mehr als auf mancher ganzen Reise, die ich später unternommen habe.

Es streckten kahle Obstbäume verschlungene und drohende Äste und von den feinen Zweigspitzen rotbraune und harzige Knospen in die Luft, über sie hinweg ging Wind und schwärmende Wolkenflucht, unter ihnen quoll die nackte Erde in der Frühlingsgärung. Es rann ein vollgeregneter Graben über und sandte einen schmalen trüben Bach über die Straße, auf dem schwammen alte Birnenblätter und braune Holzstückchen, und jedes von ihnen war ein Schiff, jagte dahin und strandete, erlebte Lust und Pein und wechselnde Schicksale, und ich erlebte sie mit.

Es hing unversehens vor meinen Augen ein dunkler Vogel in der Luft, überschlug sich und flatterte taumelnd, stieß plötzlich einen langen schallenden Triller aus und stob verglitzernd in die Höhen, und mein Herz flog staunend mit.

Ein leerer Lastwagen mit einem ledigen Beipferd kam gefahren, knarrte und rollte fort und fesselte noch bis zur nächsten Krümme meinen Blick, mit seinen starken Rossen aus einer unbekannten Welt gekommen und in sie verschwindend, flüchtige schöne Ahnungen aufregend und mit sich nehmend.

Das ist eine kleine Erinnerung oder zwei und drei; aber wer will die Erlebnisse, Erregungen und Freuden zählen, die ein Kind zwischen einem Stundenschlag und dem andern an Steinen, Pflanzen, Vögeln, Lüften,

Farben und Schatten findet und sogleich wieder vergißt und doch mit hinübernimmt in die Schicksale und Veränderungen der Jahre? Eine besondere Färbung der Luft am Horizont, ein winziges Geräusch in Haus oder Garten oder Wald, der Anblick eines Schmetterlings oder irgendein flüchtig herwehender Geruch rührt oft für Augenblicke ganze Wolken von Erinnerungen an jene frühen Zeiten in mir auf. Sie sind nicht klar und einzeln erkennbar, aber sie tragen alle denselben köstlichen Duft von damals, da zwischen mir und jedem Stein und Vogel und Bach ein inniges Leben und Verbundensein vorhanden war, dessen Reste ich eifersüchtig zu bewahren bemüht bin.

Mein Blumenstock richtete sich indessen auf, reckte die Blätter höher und erstarkte zusehends. Mit ihm wuchs meine Freude und mein Glaube an die Genesung meines Kameraden. Es kam auch der Tag, an welchem zwischen den feisten Blättern eine runde rötliche Blütenknospe sich zu dehnen und aufzurichten begann, und der Tag, an dem die Knospe sich spaltete und ein heimliches Gekräusel schönroter Blütenblätter mit weißlichen Rändern sehen ließ. Den Tag aber, an dem ich den Topf mit Stolz und freudiger Behutsamkeit ins Nachbarhaus hinübertrug und dem Brosi übergab, habe ich völlig vergessen.

Dann war einmal ein heller Sonnentag; aus dem dunklen Ackerboden stachen schon feine grüne Spitzen, die Wolken hatten Goldränder, und in den feuchten Straßen, Hofräumen und Vorplätzen spiegelte ein sanfter reiner Himmel. Das Bettlein des Brosi war näher zum Fenster gestellt worden, auf dessen Simsen die rote Hyazinthe in der Sonne prunkte; den Kranken hatte man ein wenig aufgerichtet und mit Kissen gestützt. Er sprach etwas mehr als sonst mit mir, über seinen geschorenen blonden Kopf lief das warme Licht fröhlich und glänzend und schien rot durch seine Ohren. Ich war sehr guter Dinge und sah wohl, daß es nun schnell vollends gut mit ihm werden würde. Seine Mutter saß dabei, und als es ihr genug schien, schenkte sie mir eine gelbe Winterbirne und schickte mich heim. Noch auf der Stiege biß ich die Birne an, sie war weich und honigsüß, und der Saft tropfte mir aufs Kinn und über die Hand. Den abgenagten Butzen warf ich unterwegs in hohem Bogen feldüber.

Tags darauf regnete es, was heruntermochte, ich mußte daheim bleiben und durfte mit sauber gewaschenen Händen in der Bilderbibel schwelgen, wo ich schon viele Lieblinge hatte, am liebsten aber waren mir doch der Paradieslöwe, die Kamele des Elieser und das Mosesknäblein im Schilf. Als es aber am zweiten Tage in einem Strich fortregnete, wurde ich verdrießlich. Den halben Vormittag starrte ich durchs Fenster auf den plätschernden Hof und Kastanienbaum, dann kamen der Reihe nach alle meine Spiele dran, und als sie fertig waren und es gegen Abend ging, bekam ich noch Streit mit meinem Bruder. Das alte Lied: wir reizten einander, bis der Kleine mir ein arges Schimpfwort sagte, da schlug ich ihn, und er floh heulend durch Stube, Öhrn, Küche, Stiege und Kammer bis zur Mutter, der er sich in den Schoß warf und die mich seufzend wegschickte. Bis der Vater heimkam, sich alles erzählen ließ, mich abstrafte und mit den nötigen Ermahnungen ins Bett steckte, wo ich mir namenlos unglücklich vorkam, aber bald unter noch rinnenden Tränen einschlief.

Als ich wieder, vermutlich am folgenden Morgen, in des Brosi Krankenstube stand, hatte seine Mutter beständig den Finger am Mund und sah mich warnend an, der Brosi aber lag mit geschlossenen Augen leise stöhnend da. Ich schaute bang in sein Gesicht, es war bleich und vom Schmerz verzogen. Und als seine Mutter meine Hand nahm und sie auf seine legte, machte er die Augen auf und sah mich eine kleine Weile still an. Seine Augen waren groß und verändert, und wie er mich ansah, war es ein fremder wunderlicher Blick wie aus einer weiten Ferne her, als kenne er mich gar nicht und sei über mich verwundert, habe aber zugleich andere und viel wichtigere Gedanken. Auf den Zehen schlich ich nach kurzer Zeit wieder hinaus.

Am Nachmittag aber, während ihm auf seine Bitte die Mutter eine Geschichte erzählte, sank er in einen Schlummer, der bis an den Abend dauerte und währenddessen sein schwacher Herzschlag langsam einträumte und erlosch.

Als ich ins Bett ging, wußte es meine Mutter schon. Doch sagte sie mir's erst am Morgen, nach der Milch. Darauf ging ich den ganzen Tag traumwandelnd umher und stellte mir vor, daß der Brosi zu den Engeln gekommen und selber einer geworden sei. Daß sein kleiner magerer Leib mit der Narbe auf der Schulter noch drüben im Hause lag, wußte ich nicht, auch vom Begräbnis sah und hörte ich nichts.

Meine Gedanken hatten viel Arbeit damit, und es verging wohl eine Zeit, bis der Gestorbene mir fern und unsichtbar wurde. Dann aber kam früh und plötzlich der ganze Frühling, über die Berge flog es gelb und grün, im Garten roch es nach jungem Wuchs, der Kastanienbaum tastete mit weich gerollten Blättern aus den aufgesprungenen Knospenhüllen, und an allen Gräben lachten auf fetten Stielen die goldgelben glänzenden Butterblumen.

# DIE MARMORSÄGE

Es war so ein Prachtsommer, in dem man das schöne Wetter nicht nach Tagen, sondern nach Wochen rechnete, und es war noch Juni, und man hatte gerade das Heu eingebracht.

Für manche Leute gibt es nichts Schöneres als einen solchen Sommer, wo noch im feuchtesten Ried das Schilf verbrennt und einem die Hitze bis in die Knochen geht. Diese Leute saugen, sobald ihre Zeit gekommen ist, so viel Wärme und Behagen ein und werden ihres meist ohnehin nicht sehr betriebsamen Daseins so schlaraffisch froh, wie es andern Leuten nie zuteil wird. Zu dieser Menschenklasse gehöre auch ich; darum war mir in jenem Sommersanfang auch so mächtig wohl, freilich mit starken Unterbrechungen, von denen ich nachher erzählen werde.

Es war vielleicht der üppigste Juni, den ich je erlebt habe, und es wäre bald Zeit, daß wieder so einer käme. Der kleine Blumengarten vor meines Vetters Haus an der Dorfstraße duftete und blühte ganz unbändig; die Georginen, die den schadhaften Zaun versteckten, standen dick und hoch und hatten feiste runde Knospen angesetzt, aus deren Ritzen gelb und rot und lila die jungen Blütenblätter strebten. Der Goldlack brannte so überschwenglich honigbraun und duftete so ausgelassen, und sehnlich, als wüßte er wohl, daß seine Zeit schon nahe war, da er verblühen und den dicht wuchernden Reseden Platz machen mußte. Still und brütend standen die steifen Balsaminen auf dik-

ken, gläsernen Stengeln, schlank und träumerisch die Schwertlilien, fröhlich hellrot die verwildernden Rosenbüsche. Man sah kaum eine Handbreit Erde mehr, als sei der ganze Garten nur ein großer, bunter und fröhlicher Strauß, der aus einer zu schmalen Vase hervorquoll, an dessen Rändern die Kapuziner in den Rosen fast erstickten und in dessen Mitte der prahlerisch emporflammende Türkenbund mit seinen großen geilen Blüten sich frech und gewalttätig breitmachte.
Mir gefiel das ungemein, aber mein Vetter und die Bauersleute sahen es kaum. Denen fängt der Garten erst an, ein wenig Freude zu machen, wenn es dann herbstelt und in den Beeten nur noch letzte Spätrosen, Strohblumen und Astern übrig sind. Jetzt waren sie alle tagtäglich von früh bis spät im Feld und fielen am Abend müde und schwer wie umgeworfene Bleisoldaten in die Betten. Und doch wird in jedem Herbst und in jedem Frühjahr der Garten wieder treulich besorgt und hergerichtet, der nichts einbringt und den sie in seiner schönsten Zeit kaum ansehen.
Seit zwei Wochen stand ein heißer, blauer Himmel über dem Land, am Morgen rein und lachend, am Nachmittag stets von niederen, langsam wachsenden, gedrängten Wolkenballen umlagert. Nachts gingen nah und fern Gewitter nieder, aber jeden Morgen, wenn man – noch den Donner im Ohr – erwachte, glänzte die Höhe blau und sonnig herab und war schon wieder ganz von Licht und Hitze durchtränkt. Dann begann ich froh und ohne Hast meine Art von Sommerleben: kurze Gänge auf glühenden und durstig klaffenden Feldwegen durch warm atmende, hohegilbende Ährenfelder, aus denen Mohn und Kornblu-

men, Wicken, Kornraden und Winden lachten, sodann lange, stundenlange Rasten im hohen Gras an Waldsäumen, über mir Käfergoldgeflimmer, Bienengesang, windstill ruhendes Gezweige im tiefen Himmel; gegen Abend alsdann ein wohlig träger Heimweg durch Sonnenstaub und rötliches Ackergold, durch eine Luft voll Reife und Müdigkeit und sehnsüchtigem Kuhgebrüll, und am Ende lange, laue Stunden bis Mitternacht, versessen unter Ahorn und Linde allein oder mit irgendeinem Bekannten bei gelbem Wein, ein zufriedenes, lässiges Plaudern in die warme Nacht hinein, bis fern irgendwo das Donnern begann und unter erschrocken aufrauschenden Windschauern erste, langsam und wollüstig aus den Lüften sinkende Tropfen schwer und weich und kaum hörbar in den dicken Staub fielen.

»Nein, so was Faules wie du!« meinte mein lieber Vetter mit ratlosem Kopfschütteln, »daß dir nur keine Glieder abfallen!«

»Sie hängen noch gut«, beruhigte ich. Und ich freute mich daran, wie müde und schweißig und steifgeschafft er war. Ich wußte mich in meinem guten Recht; ein Examen und eine lange Reihe von sauren Monaten lagen hinter mir, in denen ich meine Bequemlichkeit täglich schwer genug gekreuzigt und geopfert hatte.

Vetter Kilian war auch gar nicht so, daß er mir meine Lust nicht gegönnt hätte. Vor meiner Gelehrtheit hatte er tiefen Respekt, sie umgab mich für sein Auge mit einem geheiligten Faltenwurf, und ich warf natürlich die Falten so, daß die mancherlei Löcher nicht gerade obenhin kamen.

Es war mir so wohl wie noch nie. Still und langsam

schlenderte ich in Feld und Wiesenland, durch Korn und Heu und hohen Schierling, lag regungslos und atmend wie eine Schlange in der schönen Wärme und genoß die brütend stillen Stunden.
Und dann diese Sommertöne! Diese Töne, bei denen einem wohl und traurig wird und die ich so lieb habe: das unendliche, bis über Mitternacht anhaltende Zikadenläuten, an das man sich völlig verlieren kann wie an den Anblick des Meeres – das satte Rauschen der wogenden Ähren – das beständig auf der Lauer liegende entfernte leise Donnern – abends das Mückengeschwärme und das fernhin rufende, ergreifende Sensendengeln – nachts der schwellende, warme Wind und das leidenschaftliche Stürzen plötzlicher Regengüsse.
Und wie in diesen kurzen, stolzen Wochen alles inbrünstiger blüht und atmet, tiefer lebt und duftet, sehnlicher und inniger lodert! Wie der überreiche Lindenduft in weichen Schwaden ganze Täler füllt, und wie neben den müden, reifenden Kornähren die farbigen Ackerblumen gierig leben und sich brüsten, wie sie verdoppelt glühen und fiebern in der Hast der Augenblicke, bis ihnen viel zu früh die Sichel rauscht!
Ich war vierundzwanzig Jahre alt, fand die Welt und mich selber sehr wohlbeschaffen und betrieb das Leben als eine ergötzliche Liebhaberkunst, vorwiegend nach ästhetischen Gesichtspunkten. Nur das Verliebtsein kam und verlief ganz ohne meine Wahl nach den althergebrachten Regeln. Doch hätte mir das niemand sagen dürfen! Ich hatte mich nach den nötigen Zweifeln und Schwankungen einer das Leben bejahenden Philosophie ergeben und mir nach mehrfachen schwe-

ren Erfahrungen, wie mir schien, eine ruhige und sachliche Betrachtung der Dinge erworben. Außerdem hatte ich mein Examen bestanden, ein nettes Taschengeld im Sack und zwei Monate Ferien vor mir liegen.

Es gibt wahrscheinlich in jedem Leben solche Zeiten: weit vor sich sieht man glatte Bahn, kein Hindernis, keine Wolke am Himmel, keine Pfütze im Weg. Da wiegt man sich gar stattlich im Wipfel und glaubt mehr und mehr zu erkennen, daß es eben doch kein Glück und keinen Zufall gibt, sondern daß man das alles und noch eine halbe Zukunft ehrlich verdient und erworben habe, einfach weil man der Kerl dazu war. Und man tut wohl daran, sich dieser Erkenntnis zu freuen, denn auf ihr beruht das Glück der Märchenprinzen ebenso wie das Glück der Spatzen auf dem Mist, und es dauert ja nie zu lange.

Von den zwei schönen Ferienmonaten waren mir erst ein paar Tage durch die Finger geglitten. Bequem und elastisch wie ein heiterer Weiser wandelte ich in den Tälern hin und her, eine Zigarre im Mund, eine Ackerschnalle am Hut, ein Pfund Kirschen und ein gutes Büchlein in der Tasche. Ich tauschte kluge Worte mit den Gutsbesitzern, sprach da und dort den Leuten im Felde freundlich zu, ließ mich zu allen großen und kleinen Festlichkeiten, Zusammenkünften und Schmäusen, Taufen und Bockbierabenden einladen, tat gelegentlich am Spätnachmittag einen Trunk mit dem Pfarrer, ging mit den Fabrikherren und Wasserpächtern zum Forellenangeln, bewegte mich maßvoll fröhlich und schnalzte innerlich mit der Zunge, wenn irgend so ein feister, erfahrener Mann mich ganz wie seinesgleichen behandelte und keine Anspielungen auf meine große Jugend machte. Denn wirklich, ich war nur äußerlich so lächerlich jung. Seit einiger Zeit hatte ich entdeckt, daß ich nun über die Spielereien hinausgekommen und ein Mann geworden sei; mit stiller Wonne ward ich stündlich meiner Reife froh und brauchte gern den Ausdruck, das Leben sei ein Roß, ein flottes, kräftiges Roß, und wie ein Reiter müsse man behandeln, kühn und auch vorsichtig.

Und da lag die Erde in ihrer Sommerschönheit, die Kornfelder fingen an gelb zu werden, die Luft war noch voll Heugeruch, und das Laub hatte noch lichte, heftige Farben. Die Kinder trugen Brot und Most ins Feld, die Bauern waren eilig und fröhlich, und abends liefen die jungen Mädchen in Reihen über die Gasse, ohne Grund plötzlich hinauslachend und ohne Vereinbarung plötzlich ihre weichmütigen Volkslieder anstimmend. Vom Gipfel meiner jungen Mannesreife herab sah ich freundlich zu, gönnte den Kindern und den Bauern und den Mädchen ihre Lust von Herzen und glaubte das alles wohl zu verstehen.

In der kühlen Waldschlucht des Sattelbachs, der alle paar hundert Schritt eine Mühle treiben muß, lag stattlich und sauber ein Marmorsägewerk: Schuppen, Sägeraum, Stellfalle, Hof, Wohnhaus und Gärtchen, alles einfach, solid und erfreulich aussehend, weder verwittert noch allzu neu. Da wurden Marmorblöcke langsam und tadellos in Platten und Scheiben zersägt, gewaschen und geschliffen, ein stiller und reinlicher Betrieb, an dem jeder Zuschauer seine Lust haben mußte. Fremdartig, aber hübsch und anziehend war es, mitten in dem engen und gewundenen Tale zwischen Tannen und Buchen und schmalen Wiesenbändern den Sägehof daliegen zu sehen, angefüllt mit großen Marmorblöcken, weißen, bläulichgrauen und buntgeäderten, mit fertigen Platten von jeder Größe, mit Marmorabfällen und feinem, glänzendem Marmorstaub. Als ich das erstemal diesen Hof nach einem Neugiersbesuch verließ, nahm ich ein kleines, einseitig poliertes Stückchen weißen Marmors in der Tasche mit; das besaß ich jahrelang und hatte es als Briefbeschwerer auf meinem Schreibtisch liegen.

Der Besitzer dieser Marmorschleiferei hieß Lampart und schien mir von den Originalen jener ergiebigen Gegend eines der eigentümlichsten zu sein. Er war früh verwitwet und hatte teils durch sein ungeselliges Leben, teils durch sein eigenartiges Gewerbe, das mit der Umgebung und mit dem Leben der Leute ringsum ohne Berührung blieb, einen besonderen Anstrich bekommen. Er galt für sehr wohlhabend, doch wußte das keiner gewiß, denn es gab weit herum niemand, der irgendein ähnliches Geschäft und einen Einblick in dessen Gang und Ertrag gehabt hätte. Worin seine Besonderheit bestand, hatte ich noch nicht ergründet. Sie war aber da und nötigte einen, mit Herrn Lampart anders als mit andern Leuten umzugehen. Wer zu ihm kam, war willkommen und fand einen freundlichen Empfang, aber daß der Marmorsäger jemand wiederbesuchte, ist nie vorgekommen. Erschien er einmal – es geschah selten – bei einer öffentlichen Feier im Dorf oder zu einer Jagd oder in irgendeiner Kommission, so behandelte man ihn sehr höflich, tastete aber verlegen nach der rechten Begrüßung, denn er kam so ruhig daher und blickte jedem so gleichmütig ernst ins Gesicht wie ein Einsiedler, der aus dem Wald hervorgekommen ist und bald wieder hineingehen wird.

Man fragte ihn, wie die Geschäfte gingen. »Danke, es tut sich«, sagte er, aber er tat keine Gegenfrage. Man erkundigte sich, ob die letzte Überschwemmung oder der letzte Wassermangel ihn geschädigt habe. »Danke, nicht besonders«, sagte er, aber er fuhr nicht fort: »Und bei Ihnen?«

Nach dem Äußeren zu urteilen, war er ein Mann, der viele Sorgen gehabt hat und vielleicht noch hat, der aber gewohnt ist, sie mit niemand zu teilen.

In jenem Sommer war es mir zu einer Gewohnheit geworden, sehr oft beim Marmormüller einzukehren. Oft trat ich nur im Vorüberbummeln für eine Viertelstunde in den Hof und in die kühle dämmerige Schleiferei, wo blanke Stahlbänder taktmäßig auf und nieder stiegen, Sandkörner knirschten und rieselten, schweigsame Männer am Werk standen und unter dem Bretterboden das Wasser plätscherte. Ich schaute den paar Rädern und Riemen zu, setzte mich auf einen Steinblock, drehte mit den Sohlen eine Holzrolle hin und her oder ließ die Marmorkörner und Splitter unter ihnen knirschen, horchte auf das Wasser, steckte eine Zigarre an, genoß eine kleine Weile die Stille und Kühle und lief wieder weg. Den Herrn traf ich dann fast nie. Wenn ich zu ihm wollte, und das wollte ich sehr oft, dann trat ich in das kleine, immer schlummerstille Wohnhaus, kratzte im Gang die Stiefel ab und hustete dazu, bis entweder Herr Lampart oder seine Tochter herunterkam, die Tür einer lichten Wohnstube öffnete und mir einen Stuhl und ein Glas Wein hinstellte.

Da saß ich am schweren Tisch, nippte am Glas, drehte meine Finger umeinander und brauchte immer eine Weile, bis ein Gespräch im Lauf war; denn weder der Hausherr noch die Tochter, die aber sehr selten beide zugleich da waren, machten je den Anfang, und mir schien diesen Leuten gegenüber und in diesem Hause niemals irgendein Thema, das man sonst etwa vornimmt, am Platze zu sein. Nach einer guten halben Stunde, wenn dann längst eine Unterhaltung beieinander war, hatte ich meistens, trotz aller Behutsamkeit, mein Weinglas leer. Ein zweites wurde nicht angeboten, darum bitten mochte ich nicht, vor dem leeren Glase dazusitzen war mir ein wenig peinlich, also stand ich auf, gab die Hand und setzte den Hut auf.

Was die Tochter betrifft, so war mir im Anfang nichts aufgefallen, als daß sie dem Vater so merkwürdig ähnlich war. Sie war so groß gewachsen, aufrecht und dunkelhaarig wie er, sie hatte seine matten schwarzen Augen, seine gerade, klar und scharf geformte Nase, seinen stillen, schönen Mund. Sie hatte auch seinen Gang, soweit ein Weib eines Mannes Gang haben kann, und dieselbe gute und ernste Stimme. Sie streckte einem die Hand mit derselben Geste entgegen wie ihr Vater, wartete ebenso wie er ab, was man zu sagen habe, und sie gab auf gleichgültige Höflichkeitsfragen ebenso sachlich, kurz und ein wenig wie verwundert Antwort.

Sie war von einer Art Schönheit, die man in alemannischen Grenzlanden öfters antrifft und die wesentlich auf einer ebenmäßigen Kraft und Wucht der Erscheinung beruht, auch unzertrennlich ist von großem, hohem Wuchs und bräunlicher Gesichtsfarbe. Ich hatte sie anfänglich wie ein hübsches Bild betrachtet, dann aber fesselte die Sicherheit und Reife des schönen Mädchens mich mehr und mehr. So fing meine Verliebtheit an, und sie wuchs bald zu einer Leidenschaft, die ich bisher noch nicht gekannt hatte. Sie wäre wohl bald sichtbar geworden, wenn nicht die gemessene Art des Mädchens und die ruhig-kühle Luft des ganzen Hauses mich, sobald ich dort war, wie eine leichte Lähmung umfangen und zahm gemacht hätten.

Wenn ich ihr oder ihrem Vater gegenübersaß, kroch mein ganzes Feuer sogleich zu einem scheuen Flämmlein zusammen, das ich vorsichtig verbarg. Die Stube sah auch durchaus nicht einer Bühne ähnlich, auf der junge Liebesritter mit Erfolg sich ins Knie niederlassen, sondern glich mehr einer Stätte der Mäßigung und Ergebung, wo ruhige Kräfte walten und ein ernstes Stück Leben ernst erlebt und ertragen wird. Trotz alledem spürte ich hinter dem stillen Hinleben des Mädchens eine gebändigte Lebensfülle und Erregbarkeit, die nur selten hervorbrach und auch dann nur in einer raschen Geste oder einem plötzlich aufglühenden Blick, wenn ein Gespräch sie lebhaft mitriß.

Oft genug besann ich mich darüber, wie wohl das eigentliche Wesen des schönen und strengen Mädchens aussehen möge. Sie konnte im Grunde leidenschaftlich sein, oder auch melancholisch, oder auch wirklich gleichmütig. Jedenfalls war das, was man an ihr zu sehen bekam, nicht ganz ihre wahre Natur. Über sie, die so frei zu urteilen und so selbständig zu leben schien, hatte ihr Vater eine unbeschränkte Macht, und ich fühlte, daß ihre wahre innere Natur nicht ungestraft durch den väterlichen Einfluß, wenn auch in Liebe, von früh auf unterdrückt und in andere Formen gezwungen worden war. Wenn ich sie beide beisammen sah, was freilich sehr selten vorkam, glaubte ich diesen vielleicht ungewollt tyrannischen Einfluß mitzufühlen und hatte die unklare Empfindung, es müsse zwischen ihnen einmal einen zähen und tödlichen Kampf geben. Wenn ich aber dachte, daß dies vielleicht einmal um mich geschehen könne, schlug mir das Herz, und ich konnte ein leises Grauen nicht unterdrücken.

Machte meine Freundschaft mit Herrn Lampart keine Fortschritte, so gedieh mein Verkehr mit Gustav Becker, dem Verwalter des Rippacher Hofes, desto erfreulicher. Wir hatten sogar vor kurzem, nach stundenlangen Gesprächen, Brüderschaft getrunken, und ich war nicht wenig stolz darauf, trotz der entschiedenen Mißbilligung meines Vetters. Becker war ein studierter Mann, vielleicht zweiunddreißig alt, und ein gewiegter, schlauer Patron. Von ihm beleidigte es mich nicht, daß er meine schönen Manneswortе meistens mit einem ironischen Lächeln anhörte, denn ich sah ihn mit dem gleichen Lächeln viel älteren und würdigeren Leuten aufwarten. Er konnte es sich erlauben, denn er war nicht nur der selbständige Verwalter und vielleicht künftige Käufer des größten Gutes in der Gegend, sondern auch innerlich den meisten Existenzen seiner Umgebung stark überlegen. Man nannte ihn anerkennend einen höllisch gescheiten Kerl, aber sehr lieb hatte man ihn nicht. Ich bildete mir ein, er fühle

sich von den Leuten gemieden und gebe sich deshalb so viel mit mir ab.
Freilich brachte er mich oft zur Verzweiflung. Meine Sätze über das Leben und die Menschen machte er häufig ohne Worte, bloß durch ein grausam ausdrucksvolles Grinsen, mir selber zweifelhaft, und manchmal wagte er es direkt, jede Art von Weltweisheit für etwas Lächerliches zu erklären.
Eines Abends saß ich mit Gustav Becker im Adlergarten bei einem Glas Bier. Wir saßen an einem Tisch gegen die Wiese hin ungestört und ganz allein. Es war so ein trockener, heißer Abend, wo alles voll von goldigem Staub ist, der Lindenduft war fast betäubend, und das Licht schien weder zu- noch abzunehmen.
»Du, du kennst doch den Marmorsäger drüben im Sattelbachtal?« fragte ich meinen Freund.
Er sah nicht vom Pfeifenstopfen auf und nickte nur.
»Ja, sag mal, was ist nun das für ein Mensch?«
Becker lachte und stieß die Pfeifenpatrone in die Westentasche.
»Ein ganz gescheiter Mensch ist er«, sagte er dann. »Darum hält er auch immer das Maul. Was geht er dich an?«
»Nichts, ich dachte nur so. Er macht doch einen besonderen Eindruck.«
»Das tun gescheite Leute immer; es gibt nicht so viele.«
»Sonst nichts? Weißt du nichts über ihn?«
»Er hat ein schönes Mädel.«
»Ja. Das mein ich nicht. Warum kommt er nie zu Leuten?«

»Was soll er dort?«
»Ach, einerlei. Ich denke, vielleicht hat er was Besonderes erlebt, oder so.«
»Aha, so was Romantisches? Stille Mühle im Tal? Marmor? Schweigsamer Eremit? Begrabenes Lebensglück? Tut mir leid, aber damit ist's nichts. Er ist ein vorzüglicher Geschäftsmann.«
»Weißt du das?«
»Er hat's hinter den Ohren. Der Mann macht Geld.«
Da mußte er gehen. Es gab noch zu tun. Er zahlte sein Bier und ging direkt über die gemähte Wiese, und als er hinter dem nächsten Bühel schon eine Weile verschwunden war, kam noch ein langer Strich Pfeifenrauch von dorther, denn Becker lief gegen den Wind. Im Stall fingen die Kühe satt und langsam zu brüllen an, auf der Dorfstraße tauchten die ersten Feierabendgestalten auf, und als ich nach einer kleinen Weile um mich schaute, waren die Berge schon blauschwarz, und der Himmel war nimmer rot, sondern grünlichblau und sah aus, als müßte jeden Augenblick der erste Stern herauskommen.
Das kurze Gespräch mit dem Verwalter hatte meinem Denkerstolz einen leisen Tritt versetzt, und da es so ein schöner Abend und doch schon ein Loch in meinem Selbstbewußtsein war, kam meine Liebe zu der Marmormüllerin plötzlich über mich und ließ mich fühlen, daß mit Leidenschaften nicht zu spielen sei. Ich trank noch manche Halbe aus, und als nun wirklich die Sterne herauswaren und als von der Gasse so ein rührendes Volkslied herüberklang, da hatte ich meine Weisheit und meinen Hut auf der Bank liegen lassen, lief langsam in die dunkeln Fel-

der hinein und ließ im Gehen die Tränen laufen, wie sie wollten.
Aber durch die Tränen hindurch sah ich das sommernächtige Land daliegen, die mächtige Flucht der Ackerfelder schwoll am Horizont wie eine starke und weiche Woge in den Himmel, seitwärts schlief atmend der weithin gestreckte Wald, und hinter mir lag fast verschwunden das Dorf, mit wenig Lichtlein und wenigen leisen und fernen Tönen. Himmel, Ackerland, Wald und Dorf samt den vielerlei Wiesendüften und dem vereinzelt noch hörbaren Grillengeläut floß alles ineinander und umgab mich lau und sprach zu mir wie eine schöne, froh und traurig machende Melodie. Nur die Sterne ruhten klar und unbewegt in halbdunkeln Höhen. Ein scheues und doch brennendes Begehren, eine Sehnsucht rang sich in mir auf; ich wußte nicht, war es ein Hindrängen zu neuen, unbekannten Freuden und Schmerzen oder ein Verlangen, rückwärts in die Kinderheimat zu wandern, mich an den väterlichen Gartenzaun zu lehnen, die Stimmen der toten Eltern und das Kläffen unseres toten Hundes noch einmal zu hören und mich auszuweinen.
Ohne es zu wollen, kam ich in den Wald und durch dürres Gezweige und schwüle Finsternis, bis es vor mir plötzlich geräumig und helle ward, und dann stand ich lange zwischen den hohen Tannen über dem engen Sattelbachtal, und drunten lag das Lampartsche Anwesen mit den blassen Marmorhaufen und dem dunkel brausenden schmalen Wehr. Bis ich mich schämte und querfeldein den nächsten Heimweg nahm.
Am nächsten Tage hatte Gustav Becker mein Geheimnis schon heraus.

»Mach doch keine Redensarten«, sagte er, »du bist ja einfach in die Lampart verschossen. Das Unglück ist ja nicht so groß. Du bist in dem Alter, daß dir dergleichen ohne Zweifel noch öfter passieren wird.«
Mein Stolz regte sich schon wieder mächtig.
»Nein, mein Lieber«, sagte ich, »da hast du mich doch unterschätzt. Über so knabenhafte Liebeleien sind wir hinaus. Ich hab mir alles wohl überlegt und finde, ich könnte gar keine bessere Heirat tun.«
»Heiraten?« lachte Becker. »Junge, du bist reizend.«
Da wurde ich ernstlich zornig, lief aber doch nicht fort, sondern ließ mich darauf ein, dem Verwalter meine Gedanken und Pläne in dieser Sache weitläufig zu erzählen.
»Du vergißt eine Hauptsache«, sagte er dann ernsthaft und nachdrücklich. »Die Lamparts sind nichts für dich, das sind Leute von einem schweren Kaliber. Verlieben kann man sich ja in wen man will, aber heiraten darf man nur jemand, mit dem man nachher auch fertig werden und Tempo einhalten kann.«
Da ich Gesichter schnitt und ihn heftig unterbrechen wollte, lachte er plötzlich wieder und meinte: »Na, dann tummle dich, mein Sohn, und auch viel Glück dazu!«
Von da an sprach ich eine Zeitlang oft mit ihm darüber. Da er selten von der Sommerarbeit abkommen konnte, führten wir fast alle diese Gespräche unterwegs im Felde oder in Stall und Scheuer. Und je mehr ich redete, desto klarer und abgerundeter stand die ganze Sache vor mir.
Nur wenn ich in der Marmorsäge saß, fühlte ich mich

bedrückt und merkte wieder, wie weit ich noch vom Ziele war. Das Mädchen war stets von derselben freundlich stillen Art, mit einem Anflug von Männlichkeit, der mir köstlich schien und mich doch schüchtern machte. Zuweilen wollte es mir scheinen, sie sähe mich gern und habe mich heimlich lieb; sie konnte mich je und je so selbstvergessen und prüfend ansehen, wie etwas, woran man Freude hat. Auch ging sie ganz ernsthaft auf meine klugen Reden ein, schien aber im Hintergrund eine unumstößlich andre Meinung zu haben.

Einmal sagte sie: »Für die Frauen oder wenigstens für mich sieht das Leben doch anders aus. Wir müssen vieles tun und geschehen lassen, was ein Mann anders machen könnte. Wir sind nicht so frei . . .«

Ich sprach davon, daß jedermann sein Schicksal in der Hand habe und sich ein Leben schaffen müsse, das ganz sein Werk sei und ihm gehöre.

»Ein Mann kann das vielleicht«, meinte sie. »Das weiß ich nicht. Aber bei uns ist das anders. Auch wir können etwas aus unserm Leben machen, aber es gilt da mehr, das Notwendige mit Vernunft zu tragen, als eigne Schritte zu tun.«

Und als ich nochmals widersprach und eine hübsche kleine Rede losließ, wurde sie wärmer und sagte fast leidenschaftlich:

»Bleiben Sie bei Ihrem Glauben und lassen Sie mir meinen! Sich das Schönste vom Leben heraussuchen, wenn man die Wahl hat, ist keine so große Kunst. Aber wer hat denn die Wahl? Wenn Sie heute oder morgen unter ein Wagenrad kommen und Arme und Beine verlieren, was fangen Sie dann mit Ihren Luftschlössern an? Dann wären Sie froh, Sie hätten gelernt, mit dem, was über Sie verhängt ist, auszukommen. Aber fangen Sie nur das Glück, ich gönne es Ihnen, fangen Sie's nur!«

Sie war nie so lebhaft gewesen. Dann wurde sie still, lächelte sonderbar und hielt mich nicht, als ich aufstand und für heute Abschied nahm. Ihre Worte beschäftigten mich nun öfters und gingen mir meistens in ganz unpassenden Augenblicken wieder durch den Kopf. Ich hatte im Sinn, mit meinem Freunde auf dem Rippacher Hof darüber zu reden; doch wenn ich Beckers kühle Augen und spottbereit zuckende Lippen ansah, verging mir immer die Lust. Überhaupt kam es allmählich so, daß ich, je mehr meine Gespräche mit Fräulein Lampart persönlicher und merkwürdiger wurden, desto weniger über sie mit dem Verwalter sprach. Auch schien die Sache ihm nimmer wichtig zu sein. Höchstens fragte er hier und da, ob ich auch fleißig ins Marmorwerk laufe, neckte mich ein wenig und ließ es wieder gut sein, wie es in seinem Wesen lag.

Einmal traf ich ihn zu meinem Erstaunen in der Lampartschen Einsiedelei. Er saß, als ich eintrat, in der Wohnstube beim Hausherrn, das übliche Glas Wein vor sich. Als er es leer hatte, war es mir eine Art Genugtuung zu sehen, daß auch ihm kein zweites angeboten wurde. Er brach bald auf, und da Lampart beschäftigt schien und die Tochter nicht da war, schloß ich mich an.

»Was führt denn dich daher?« fragte ich ihn, als wir auf der Straße waren. »Du scheinst den Lampart ja ganz gut zu kennen.«

»'s geht an.«

»Hast du Geschäfte mit ihm?«

»Geldgeschäfte, ja. Und das Lämmlein ist heute nicht dagewesen, wie? Dein Besuch war so kurz.«

»Ach laß doch!«

Ich war mit dem Mädchen in eine ganz vertrauliche Freundschaftlichkeit gekommen, ohne indessen je mit Wissen etwas von meiner stetig zunehmenden Verliebtheit merken zu lassen. Jetzt nahm sie wider all mein Erwarten plötzlich wieder ein andres Wesen an, das mir fürs erste wieder alle Hoffnung raubte. Scheu war sie eigentlich nicht, aber sie schien einen Weg in das frühere Fremdsein zurück zu suchen und bemühte sich, unsere Unterhaltung an äußere und allgemeine Dinge zu fesseln und den angefangenen herzlichen Verkehr mit mir nicht weiter gedeihen zu lassen.

Ich grübelte nach, lief im Wald herum und kam auf tausend dumme Vermutungen, wurde nun selber noch unsicherer in meinem Benehmen gegen sie und kam in ein kümmerliches Sorgen und Zweifeln hinein, das ein Hohn auf meine ganze Glücksphilosophie war. Mittlerweile war auch mehr als die Hälfte meiner Ferienzeit verstrichen, und ich fing an, die Tage zu zählen und jedem unnütz verbummelten mit Neid und Verzweiflung nachzublicken, als wäre jedesmal gerade der unendlich wichtig und unwiederbringlich.

Zwischenhinein kam ein Tag, an dem ich aufatmend und fast erschrocken alles gewonnen glaubte und einen Augenblick vor dem offenen Tor des Glücksgartens stand. Ich kam bei der Sägerei vorüber und sah Helene im Gärtchen zwischen den hohen Dahlienbüschen stehen. Da ging ich hinein, grüßte und half ihr eine liegende Staude anpfählen und aufbinden. Es war höchstens eine Viertelstunde, daß ich dort blieb. Mein Hereinkommen hatte sie überrascht, sie war viel befangener und scheuer als sonst, und in ihrem Scheusein lag etwas, das ich wie eine deutliche Schrift glaubte lesen zu können. Sie hat mich lieb, fühlte ich durch und durch, und da wurde ich plötzlich sicher und froh, sah auf das große, stattliche Mädchen zärtlich und fast mit Mitleid, wollte ihre Befangenheit schonen und tat, als sähe ich nichts, kam mir auch wie ein Held vor, als ich nach kurzer Zeit ihr die Hand gab und weiterging, ohne nur zurückzusehen. Sie hat mich lieb, empfand ich mit allen Sinnen, und morgen wird alles gut werden.

Es war wieder ein prachtvoller Tag. Über den Sorgen und Aufregungen hatte ich für eine Weile fast den Sinn für die schöne Jahreszeit verloren und war ohne Augen herumgelaufen. Nun war wieder der Wald von Licht durchzittert, der Bach war wieder schwarz, braun und silbern, die Ferne licht und zart, auf den Feldwegen lachten rot und blau die Röcke der Bauernweiber. Ich war so andächtig froh, ich hätte keinen Schmetterling verjagen mögen. Am oberen Waldrande, nach einem heißen Steigen, legte ich mich hin, übersah die fruchtbare Weite bis zum fernen runden Staufen hin, gab mich der Mittagssonne preis und war mit der schönen Welt und mit mir und allem von Herzen zufrieden.

Es war gut, daß ich diesen Tag nach Kräften genoß, verträumte und versang. Abends trank ich sogar im

Adlergarten einen Schoppen vom besten alten Roten.

Als ich tags darauf bei den Marmorleuten vorsprach, war dort alles im alten kühlen Zustande. Vor dem Anblick der Wohnstube, der Möbel und der ruhigernsten Helene stob meine Sicherheit und mein Siegesmut davon, ich saß da, wie ein armer Reisender auf der Treppe sitzt, und ging nachher davon wie ein nasser Hund, jammervoll nüchtern. Passiert war nichts. Helene war sogar ganz freundlich gewesen. Aber von dem gestrigen Gefühl war nichts mehr da.

An diesem Tage begann die Sache für mich bitter ernst zu werden. Ich hatte eine Ahnung vom Glücke vorausgeschmeckt.

Nun verzehrte mich die Sehnsucht wie ein gieriger Hunger, Schlaf und Seelenruhe waren dahin. Die Welt versank um mich her, und ich blieb abgetrennt in einer Einsamkeit und Stille zurück, in der ich nichts vernahm als das leise und laute Schreien meiner Leidenschaft. Mir hatte geträumt, das große, schöne, ernste Mädchen käme zu mir und lege sich an meine Brust; jetzt streckte ich weinend und fluchend die Arme ins Leere aus und schlich bei Tag und Nacht um die Marmormühle, wo ich kaum mehr einzukehren wagte.

Es half nichts, daß ich mir vom Verwalter Becker ohne Widerspruch die spöttische Predigt einer glaubenslosen Nüchternheit gefallen ließ. Es half nichts, daß ich Stunden auf Stunden durch die Bruthitze über Feld lief oder mich in die kalten Waldbäche legte, bis mir die Zähne klapperten. Es half auch nichts, daß ich am Samstagabend mich an einem Raufhandel im Dorfe beteiligte und den Leib voller Beulen gehauen bekam.

Und die Zeit lief weg wie Wasser. Noch vierzehn Tage Ferien! Noch zwölf Tage! Noch zehn! Zweimal in dieser Zeit ging ich in die Sägerei. Das eine Mal traf ich nur den Vater an, ging mit ihm zur Säge und sah stumpfsinnig zu, wie ein neuer Block eingespannt wurde. Herr Lampart ging in den Vorratsschuppen hinüber, um irgend etwas zu besorgen, und als er nicht gleich wiederkam, lief ich fort und hatte im Sinn, nimmer herzukommen.

Trotzdem stand ich nach zwei Tagen wieder da. Helene empfing mich wie immer, und ich konnte den Blick nicht von ihr lassen. In meiner fahrigen und haltlosen Stimmung kramte ich gedankenlos eine Menge von dummen Witzen, Redensarten und Anekdoten aus, die sie sichtlich ärgerten.

»Warum sind Sie heut so?« fragte sie schließlich und sah mich so schön und offen an, daß mir das Herz zu schlagen begann.

»Wie denn?« fragte ich, und der Teufel wollte, daß ich dabei zu lachen versuchte.

Das mißglückte Lachen gefiel ihr nicht, sie zuckte die Achseln und sah traurig aus. Mir war einen Augenblick, sie habe mich gern gehabt und mir entgegenkommen wollen und sei nun darum betrübt. Eine Minute lang schwieg ich beklommen, da war der Teufel wieder da, daß ich in die vorige Narrenstimmung zurückfiel und wieder ins Geschwätz geriet, von dem jedes Wort mir selber weh tat und das Mädchen ärgern mußte. Und ich war jung und dumm genug, meinen Schmerz und meine widersinnige Narrheit fast wie ein Schauspiel zu genießen und im Bubentrotz die Kluft zwischen mir und ihr wissentlich zu vergrößern, statt

mir lieber die Zunge abzubeißen oder Helene ehrlich um Verzeihung zu bitten.
Dann verschluckte ich mich in der Hast am Wein, mußte husten und verließ Stube und Haus elender als jemals.

Nun waren von meiner Ferienzeit nur noch acht Tage übrig.
Es war ein so schöner Sommer, es hatte alles so verheißungsvoll und heiter angefangen. Jetzt war meine Freude dahin – was sollte ich noch mit den acht Tagen anfangen? Ich war entschlossen, schon morgen abzureisen.
Aber vorher mußte ich noch einmal in ihr Haus. Ich mußte noch einmal hingehen, ihre kraftvoll edle Schönheit anschauen und ihr sagen: Ich habe dich lieb, warum hast du mit mir gespielt?
Zunächst ging ich zu Gustav Becker auf den Rippacher Hof, den ich neuerdings etwas vernachlässigt hatte. Er stand in seiner großen, kahlen Stube an einem lächerlich schmalen Stehpult und schrieb Briefe.
»Ich will dir adieu sagen«, sagte ich, »wahrscheinlich geh ich schon morgen fort. Weißt du, es muß jetzt wieder an ein strammes Arbeiten gehen.«
Zu meiner Verwunderung machte der Verwalter gar keine Witze. Er schlug mir auf die Schulter, lächelte fast mitleidig und sagte: »So, so. Ja, dann geh in Gottes Namen, Junge!«
Und als ich schon unter der Tür war, zog er mich noch einmal in die Stube zurück und sagte: »Du, hör mal, du tust mir leid. Aber daß das mit dem Mädel nichts werden würde, hab ich gleich gewußt. Du hast da so je

und je deine Weisheitssprüche verzapft – halte dich jetzt dran und bleib im Sattel, wenn dir auch der Schädel brummt!«

Das war vor Mittag.

Den Nachmittag saß ich im Moos am Abhang, steil über der Sattelbachschlucht, und schaute auf den Bach und die Werke und auch auf das Lampartsche Haus hinunter. Ich ließ mir Zeit, Abschied zu nehmen und zu träumen und nachzudenken, namentlich über das, was Becker mir gesagt hatte. Mit Schmerzen sah ich die Schlucht und die paar Dächer unten liegen, den Bach glänzen und die weiße Fahrstraße im leichten Winde stäuben; ich bedachte, daß ich nun für eine lange Zeit nicht hierher zurückkommen würde, während hier Bach und Mühlwerke und Menschen ihren stetigen Lauf weitergingen. Vielleicht wird Helene einmal ihre Resignation und Schicksalsruhe wegwerfen und ihrem inneren Verlangen nach ein kräftiges Glück oder Leid ergreifen und sich daran ersättigen? Vielleicht, wer weiß, wird auch mein eigner Weg noch einmal sich aus Schluchten und Talgewirre hervorwinden und in ein klares, weites Land der Ruhe führen? – Wer weiß?

Ich glaubte nicht daran. Mich hatte zum erstenmal eine echte Leidenschaft in die Arme genommen, und ich wußte keine Macht in mir stark und edel genug, sie zu besiegen.

Es kam mir der Gedanke, lieber abzureisen, ohne noch einmal mit Helene zu sprechen. Das war gewiß das beste. Ich nickte ihrem Haus und Garten zu, beschloß, sie nicht mehr sehen zu wollen, und blieb Abschied nehmend bis gegen den Abend in der Höhe liegen.

Träumerisch ging ich weg, waldabwärts, oft in der Steile strauchelnd, und erwachte erst mit heftigem Erschrecken aus meiner Versunkenheit, als meine Schritte auf den Marmorsplittern des Hofes krachten und ich mich vor der Tür stehen fand, die ich nicht mehr hatte sehen und anrühren wollen. Nun war es zu spät.

Ohne zu wissen, wie ich hereingekommen war, saß ich dann innen in der Dämmerung am Tisch, und Helene saß mir gegenüber, mit dem Rücken gegen das Fenster, schwieg und sah in die Stube hinein. Es kam mir vor, ich sitze schon lange so da und habe schon stundenlang gehockt und geschwiegen. Und indem ich jetzt aufschrak, kam mir plötzlich zum Bewußtsein, es sei das letztemal.

»Ja«, sagte ich, »ich bin nun am Adieusagen. Meine Ferien sind aus.«

»Ach?«

Und wieder war alles still. Man hörte die Arbeiter im Schuppen hantieren, auf der Straße fuhr ein Lastwagen langsam vorbei, und ich horchte ihm nach, bis er um die Biegung war und verklang. Ich hätte gern dem Wagen noch lange, lange nachgelauscht. Nun riß es mich vom Stuhl auf, ich wollte gehen.

Ich trat zum Fenster hinüber. Auch sie stand auf und sah mich an. Ihr Blick war fest und ernst und wich mir eine ganze lange Weile nicht aus.

»Wissen Sie nimmer«, sagte ich, »damals im Garten?«

»Ja, ich weiß.«

»Helene, damals meinte ich, Sie hätten mich lieb. Und jetzt muß ich gehen.«

Sie nahm meine ausgestreckte Hand und zog mich ans Fenster.

»Lassen Sie sich noch einmal ansehen«, sagte sie und bog mit der linken Hand mein Gesicht in die Höhe. Dann näherte sie ihre Augen den meinen und sah mich seltsam fest und steinern an. Und da mir nun ihr Gesicht so nahe war, konnte ich nicht anders und legte meinen Mund auf ihren. Da schloß sie die Augen und gab mir den Kuß zurück, und ich legte den Arm um sie, zog sie fest an mich und fragte leise: »Schatz, warum erst heut?«

»Nicht reden!« sagte sie. »Geh jetzt fort und komm in einer Stunde wieder. Ich muß drüben nach den Leuten sehen. Der Vater ist heut nicht da.«

Ich ging und schritt davon, talabwärts durch unbekannte, merkwürdige Gegenden, zwischen blendend lichten Wolkenbildern, hörte nur wie im Traume zuweilen den Sattelbach rauschen und dachte an lauter ganz entfernte, wesenlose Dinge – an kleine drollige oder rührende Szenen aus meiner Kleinkinderzeit und dergleichen Geschichten, die aus den Wolken heraus mit halbem Umriß erstanden und, ehe ich sie ganz erkennen konnte, wieder untergingen. Ich sang auch im Gehen ein Lied vor mich hin, aber es war ein gewöhnlicher Gassenhauer. So irrte ich in fremden Räumen, bis eine seltsame, süße Wärme mich wohlig durchdrang und die große, kräftige Gestalt Helenes vor meinen Gedanken stand. Da kam ich zu mir, fand mich weit unten im Tal bei anbrechender Dämmerung und eilte nun schnell und freudig zurück.

Sie wartete schon, ließ mich durch Haustor und Stubentür ein, da setzten wir uns beide auf den Tischrand, hielten unsre Hände ineinander und sprachen kein Wort. Es war lau und dunkel, ein Fenster stand offen, in dessen Höhe über dem Bergwald ein schmaler Strich des blassen Himmels schimmerte, von spitzigen Tannenkronen schwarz durchschnitten. Wir spielten jedes mit des andern Fingern, und mich überlief bei jedem leichten Druck ein Schauer von Glück.

»Helene!«

»Ja?«

»O du!«

Und unsere Finger tasteten aneinander, bis sie stille wurden und ruhig ineinanderlagen. Ich schaute auf den bleichen Himmelsspalt, und nach einer Zeit, als ich mich umwandte, sah ich auch sie dorthin blicken und sah mitten im Dunkel ein schwaches Licht von dorther in ihren Augen und in zwei großen, unbeweglich an ihren Lidern hängenden Tränen widerglänzen. Die küßte ich langsam hinweg und wunderte mich, wie kühl und salzig sie schmeckten. Da zog sie mich an sich, küßte mich lang und mächtig und stand auf.

»Es ist Zeit. Jetzt mußt du gehen.«

Und als wir unter der Tür standen, küßte sie mich plötzlich noch einmal mit heftiger Leidenschaft, und dann zitterte sie so, daß es auch mich schüttelte, und sagte mit einer kaum mehr hörbaren, erstickenden Stimme: »Geh, geh! Hörst du, geh jetzt!« Und als ich draußen stand: »Adieu, du! Komm nimmer, komm nicht wieder! Adieu!«

Ehe ich etwas sagen konnte, hatte sie die Tür zugezogen. Mir war bang und unklar ums Herz, doch überwog mein großes Glücksgefühl, das mich auf dem Heimweg wie ein Flügelbrausen umgab. Ich ging mit schallenden Tritten, ohne es doch zu spüren, und daheim tat ich die Kleider ab und legte mich im Hemd ins Fenster.

So eine Nacht möchte ich noch einmal haben. Der laue Wind tat mir wie eine Mutterhand, vor dem hochgelegenen Fensterchen flüsterten und dunkelten die großen, runden Kastanienbäume, ein leichter Felderduft wehte hin und wieder durch die Nacht, und in der Ferne flog das Wetterleuchten golden zitternd über den schweren Himmel. Ein leises fernes Donnern tönte je und je herüber, schwach und von fremdartigem Klang, als ob irgendwo weit weg die Wälder und Berge im Schlafe sich regten und schwere, müde Traumworte lallten. Das alles sah und hörte ich wie ein König von meiner hohen Glücksburg herab, es gehörte mir und war nur da, um meiner tiefen Lust ein schöner Rastort zu sein. Mein Wesen atmete in Wonne auf und verlor sich wie ein Liebesvers hinströmend und doch unerschöpft in die Nachtweite über das schlafende Land, an die ferne leuchtenden Wolken streifend, von jedem aus der Schwärze sich wölbenden Baum und von jedem matten Hügelfirst wie von Liebeshänden berührt. Es ist nichts, um es mit Worten zu sagen, aber es lebt noch unverloren in mir weiter, und ich könnte, wenn es dafür eine Sprache gäbe, jede in die Dunkelheit verlaufende Bodenwelle, jedes Wipfelgeräusch, die Adern der entfernten Blitze und den geheimen Rhythmus des Donners noch genau beschreiben.

Nein, ich kann es nicht beschreiben. Das Schönste und Innerlichste und Köstlichste kann man ja nicht sagen. Aber ich wollte, jene Nacht käme mir noch einmal wieder.

Wenn ich vom Verwalter Becker nicht schon Abschied genommen hätte, wäre ich gewiß am folgenden Morgen zu ihm gegangen. Statt dessen trieb ich mich im Dorf herum und schrieb dann einen langen Brief an Helene. Ich meldete mich auf den Abend an und machte ihr eine Menge Vorschläge, setzte ihr genau und ernsthaft meine Umstände und Aussichten auseinander und fragte, ob sie es für gut halte, daß ich gleich mit ihrem Vater rede, oder ob wir damit noch warten wollten, bis ich der in Aussicht stehenden Anstellung und damit der nächsten Zukunft sicher wäre. Und abends ging ich zu ihr. Der Vater war wieder nicht da; es war seit einigen Tagen einer seiner Lieferanten in der Gegend, der ihn in Anspruch nahm.

Ich küßte meinen schönen Schatz, zog ihn in die Stube und fragte nach meinem Brief. Ja, sie hatte ihn erhalten. Und was sie denn darüber denke? Sie schwieg und sah mich flehentlich an, und da ich in sie drang, legte sie mir die Hand auf den Mund, küßte mich auf die Stirn und stöhnte leise, aber so jammervoll, daß ich mir nicht zu helfen wußte. Auf all mein zärtliches Fragen schüttelte sie nur den Kopf, lächelte dann aus ihrem Schmerz heraus merkwürdig weich und fein, schlang den Arm um mich und saß wieder mit mir, ganz wie gestern, schweigend und hingegeben. Sie lehnte sich fest an mich, legte den Kopf an meine Brust, und ich küßte sie langsam, ohne etwas denken zu können, auf Haar und Stirn und Wange und Nakken, bis mir schwindelte. Ich sprang auf.

»Also soll ich morgen mit deinem Vater reden oder nicht?«

»Nein«, sagte sie, »bitte nicht.«
»Warum denn? Hast du Angst?«
Sie schüttelte den Kopf.
»Also warum denn?«
»Laß nur, laß! Rede nicht davon. Wir haben noch eine Viertelstunde Zeit.«
Da saßen wir und hielten uns still umfangen, und während sie sich an mich schmiegte und bei jeder Liebkosung den Atem anhielt und schauerte, ging ihre Bedrücktheit und Schwermut auf mich über. Ich wollte mich wehren und redete ihr zu, an mich und an unser Glück zu glauben.
»Ja, ja«, nickte sie, »nicht davon reden! Wir sind ja jetzt glücklich.«
Darauf küßte sie mich mehrmals mit stummer Kraft und Glut und hing dann erschlaffend und müde in meinem Arm. Und als ich gehen mußte, und als sie mir in der Tür mit der Hand übers Haar strich, sagte sie mit halber Stimme: »Adieu, Schatz. Komm morgen nicht! Komm gar nicht wieder, bitte! Du siehst doch, daß es mich unglücklich macht.«

Mit einem quälenden Zwiespalt im Herzen ging ich heim und vergrübelte die halbe Nacht. Warum wollte sie nicht glauben und glücklich sein? Ich mußte an das denken, was sie mir schon vor einigen Wochen einmal gesagt hatte: »Wir Frauen sind nicht so frei wie ihr; man muß tragen lernen, was über einen verhängt ist.« Was war denn über sie verhängt?
Das mußte ich jedenfalls wissen, und darum schickte ich ihr am Vormittag einen Zettel und wartete abends, als das Werk stillstand und die Arbeiter alle gegangen

waren, hinter dem Schuppen bei den Marmorblöcken. Sie kam spät und zögernd herüber.
»Warum bist du gekommen? Laß es jetzt genug sein. Der Vater ist drinnen.«
»Nein«, sagte ich, »du mußt mir jetzt sagen, was du auf dem Herzen hast, alles und alles, ich gehe nicht eher weg.«
Helene sah mich ruhig an und war so blaß wie die Steinplatten, vor denen sie stand.
»Quäl mich nicht«, flüsterte sie mühsam. »ich kann dir nichts sagen, ich will nicht. Ich kann dir nur sagen – reise ab, heut oder morgen, und vergiß das, was jetzt ist. Ich kann nicht dir gehören.«
Sie schien trotz der lauen Juliabendluft zu frieren, so zitterte sie. Schwerlich habe ich je eine ähnliche Qual empfunden wie in diesen Augenblicken. Aber so konnte ich nicht gehen.
»Sag mir jetzt alles«, wiederholte ich, »ich muß es wissen.«
Sie sah mich an, daß mir alles weh tat. Aber ich konnte nicht anders.
»Rede«, sagte ich fast rauh, »sonst geh ich jetzt im Augenblick zu deinem Vater hinüber.«
Sie richtete sich unwillig auf und war in ihrer Blässe bei dem Dämmerlicht von einer traurigen und großartigen Schönheit. Sie sprach ohne Leidenschaft, aber lauter als vorher.
»Also. Ich bin nicht frei, und du kannst mich nicht haben. Es ist schon ein andrer da. Ist das genug?«
»Nein«, sagte ich, »das ist nicht genug. Hast du denn den andern lieb? Lieber als mich?«
»O du!« rief sie heftig. »Nein, nein, ich habe ihn ja

nicht lieb. Aber ich bin ihm versprochen, und daran ist nichts zu ändern.«

»Warum nicht? Wenn du ihn nicht magst!«

»Damals wußte ich ja noch nichts von dir. Er gefiel mir; lieb hatte ich ihn nicht, aber es war ein rechter Mann, und ich kannte keinen andern. Da hab ich ja gesagt, und jetzt ist es so und muß so bleiben.«

»Es muß nicht, Helene. So etwas kann man doch zurücknehmen.«

»Ja, schon. Aber es ist nicht um jenen, es ist um den Vater. Dem darf ich nicht untreu werden –«

»Aber ich will mit ihm reden –«

»O du Kindskopf! Verstehst du denn gar nichts –?«

Ich sah sie an. Sie lachte fast.

»Verkauft bin ich, von meinem Vater und mit meinem Willen verkauft, für Geld. Im Winter ist Hochzeit.«

Sie wendete sich ab, ging ein paar Schritte weit und kehrte wieder um. Und sagte: »Schatz, sei tapfer! Du darfst nicht mehr kommen, du darfst nicht –«

»Und bloß ums Geld?« mußte ich fragen.

Sie zuckte die Achseln.

»Was liegt daran? Mein Vater kann nimmer zurück, er ist so fest angebunden wie ich. Du kennst ihn nicht! Wenn ich ihn im Stich lasse, gibt es ein Unglück. Also sei brav, sei gescheit, du Kind!«

Und dann brach sie plötzlich aus: »Versteh doch, du, und bring mich nicht um! – Jetzt kann ich noch, wie ich will. Aber wenn du mich noch einmal anrührst – ich halte das nimmer aus . . . Ich kann dir keinen Kuß mehr geben, sonst gehen wir alle verloren.«

Einen Augenblick war alles stille, so stille, daß man im Haus drüben den Vater auf und ab gehen hörte.

»Ich kann heute nichts entscheiden«, war meine Antwort. »Willst du mir nicht noch sagen – wer es ist?«
»Der andere? Nein, es ist besser, du weißt es nicht. Oh, komm jetzt nicht wieder – mir zulieb!«
Sie ging ins Haus, und ich sah ihr nach. Ich wollte fortgehen, vergaß es aber und setzte mich auf die kühlen weißen Steine, hörte dem Wasser zu und fühlte nichts als ein Gleiten, Gleiten und Hinwegströmen ohne Ende. Es war, als liefen mein Leben und Helenes Leben und viele ungezählte Schicksale an mir vorbei dahin, schluchtabwärts ins Dunkle, gleichgültig und wortlos wie Wasser. Wie Wasser . . .
Spät und todmüde kam ich nach Haus, schlief und stand am Morgen wieder auf, beschloß, den Koffer zu packen, vergaß es wieder und schlenderte nach dem Frühstück in den Wald. Es wurde kein Gedanke in mir fertig, sie stiegen nur wie Blasen aus einem stillen Wasser in mir auf und platzten und waren nichts mehr, sobald sie sichtbar geworden waren.
Also jetzt ist alles aus, dachte ich hier und da, aber es war kein Bild, keine Vorstellung dabei; es war nur ein Wort, ich konnte dazu aufatmen und mit dem Kopf nicken, war aber so klug wie vorher.
Erst im währenden Nachmittag wachte die Liebe und das Elend in mir auf und drohte mich zu überwältigen. Auch dieser Zustand war kein Boden für gute und klare Gedanken, und statt mich zu zwingen und eine besonnene Stunde abzuwarten, ließ ich mich fortreißen und legte mich in der Nähe des Marmorwerks auf die Lauer, bis ich den Herrn Lampart das Haus verlassen und talaufwärts auf der Landstraße gegen das Dorf hin verschwinden sah.

Da ging ich hinüber.
Als ich eintrat, schrie Helene auf und sah mich tief verwundet an.
»Warum?« stöhnte sie. »Warum noch einmal?«
Ich war ratlos und beschämt und bin mir nie so jämmerlich vorgekommen wie da. Die Tür hatte ich noch in der Hand, aber es ließ mich nicht fort, so ging ich langsam zu ihr hin, die mich mit angstvollen, leidenden Blicken ansah.
»Verzeih, Helene«, sagte ich nun.
Sie nickte vielemal, blickte zu Boden und wieder auf, wiederholte immer: »Warum? O du! O du!« In Gesicht und Gebärden schien sie älter und reifer und mächtiger geworden zu sein, ich erschien mir daneben fast wie ein Knabe.
»Nun, also?« fragte sie schließlich und versuchte zu lächeln.
»Sag mir noch etwas«, bat ich beklommen, »damit ich gehen kann.«
Ihr Gesicht zuckte, ich glaubte, sie würde jetzt in Tränen ausbrechen. Aber da lächelte sie unversehens, ich kann nicht sagen wie weich und aus Qualen heraus, und richtete sich auf und sagte ganz flüsternd: »Komm doch, warum stehst du so steif da!« Und ich tat einen Schritt und nahm sie in die Arme. Wir hielten uns mit allen Kräften umklammert, und während bei mir die Lust sich immer mehr mit Bangigkeit und Schrecken und verhaltenem Schluchzen mischte, wurde sie zusehends heiter, streichelte mich wie ein Kind, nannte mich mit phantastischen Kosenamen, biß mich in die Hand und war erfinderisch in kleinen Liebestorheiten. In mir kämpfte ein tiefes Angstgefühl gegen die trei-

bende Leidenschaft, ich fand keine Worte und hielt Helene an mich gezogen, während sie mich mutwillig und schließlich lachend liebkoste und neckte.

»Sei doch ein bißchen froh, du Eiszapfen!« rief sie mir zu und zog mich am Schnurrbart.

Und ich fragte ängstlich: »Ja, glaubst du jetzt, daß es doch noch gut wird? Wenn du doch nicht mir gehören kannst –«

Sie faßte meinen Kopf mit ihren beiden Händen, sah mir ganz nah ins Gesicht und sagte: »Ja, nun wird alles gut.«

»Dann darf ich hierbleiben und morgen wiederkommen und mit deinem Vater sprechen?«

»Ja, dummer Bub, das darfst du alles. Du darfst sogar im Gehrock kommen, wenn du einen hast. Morgen ist sowieso Sonntag.«

»Jawohl, ich hab einen«, lachte ich und war auf einmal so kindisch froh, daß ich sie mitriß und ein paarmal mit ihr durch das Zimmer walzte. Dann strandeten wir an der Tischecke, ich hob sie auf meinen Schoß, sie legte die Stirn an meine Wange und ich spielte mit ihrem dunkeln, dicken Haar, bis sie aufsprang und zurücktrat und ihr Haar wieder aufsteckte, mir mit dem Finger drohte und rief: »Jeden Augenblick kann der Vater kommen. Sind wir Kindsköpfe!«

Ich bekam noch einen Kuß und noch einen und aus dem Strauß vom Fenstersims eine Resede an den Hut. Es ging gegen den Abend, und da es Samstag war, fand ich im Adler allerlei Gesellschaft, trank einen Schoppen, schob eine Partie Kegel mit und ging dann zeitig heim. Dort holte ich den Gehrock aus dem Schrank, hängte ihn über die Stuhllehne und betrachtete ihn mit

Wohlgefallen. Er war so gut wie neu, seinerzeit zum Examen gekauft und seither fast nie getragen. Das schwarze, glänzende Tuch erweckte lauter feierliche und würdevolle Gedanken in mir. Statt ins Bett zu gehen, setzte ich mich hin und überlegte, was ich morgen Helenens Vater zu sagen hätte. Genau und deutlich stellte ich mir vor, wie ich vor ihn treten würde, bescheiden und doch mit Würde, malte mir seine Einwände, meine Erwiderungen, ja auch seine und meine Gedanken und Gebärden aus. Ich sprach sogar laut, wie ein sich übender Prediger, und machte die nötigen Gesten dazu, und noch als ich schon im Bette lag und nahe am Einschlafen war, deklamierte ich einzelne Sätze aus der mutmaßlichen Unterredung von morgen her.

Dann war es Sonntagmorgen. Ich blieb, um nochmals in Ruhe nachzudenken, im Bett liegen, bis die Kirchenglocken läuteten. Während der Kirchzeit zog ich mein Staatskleid an, mindestens so umständlich und peinlich wie damals vor dem Examen, rasierte mich, trank meine Morgenmilch und hatte Herzklopfen. Unruhig wartete ich, bis der Gottesdienst aus war, und schritt, als kaum das Ausläuten vertönt hatte, langsam und ernsthaft und die staubigen Wegstellen vermeidend, durch den schon heißen, dunstigen Vormittag die Straße zum Sattelbach und talabwärts meinem Ziel entgegen. Trotz meiner Behutsamkeit geriet ich in dem Gehrock und hohen Kragen in ein leises Schwitzen.

Als ich die Marmorsäge erreichte, standen im Weg und auf dem Hofe zu meinem Erstaunen und Unbehagen einige Leute aus dem Dorf herum, auf irgend etwas

wartend und in kleinen Gruppen leise redend, wie etwa bei einer Gant.
Doch mochte ich niemand fragen, was das bedeute, und ging an den Leuten vorbei zur Haustür, verwundert und beklommen wie in einem ängstlich sonderbaren Traume. Eintretend stieß ich in dem Flur auf den Verwalter Becker, den ich kurz und verlegen grüßte. Es war mir peinlich, ihn da zu treffen, da er doch glauben mußte, ich sei längst abgereist. Doch schien er daran nimmer zu denken. Er sah angestrengt und müde aus, auch blaß.
»So, kommst du auch?« sagte er nickend und mit ziemlich bissiger Stimme. »Ich fürchte, Teuerster, du bist heute hier entbehrlich.«
»Herr Lampart ist doch da?« fragte ich dagegen.
»Jawohl, wo soll er sonst sein?«
»Und das Fräulein?«
Er deutete auf die Stubentür.
»Da drinnen?«
Becker nickte, und ich wollte eben anklopfen, als die Tür aufging und ein Mann herauskam. Dabei sah ich, daß mehrere Besucher in dem Zimmer herumstanden und daß die Möbel teilweise umgestellt waren.
Jetzt wurde ich stutzig.
»Becker, du, was ist hier geschehen? Was wollen die Leute? Und du, warum bist du hier?«
Der Verwalter drehte sich um und sah mich sonderbar an.
»Weißt du's denn nicht?« fragte er mit veränderter Stimme.
»Was denn? Nein.«
Er stellte sich vor mich hin und sah mir ins Gesicht.

»Dann geh nur wieder heim, Junge«, sagte er leise und fast weich und legte mir die Hand auf den Arm. Mir stieg im Hals ein Würgen auf, eine namenlose Angst flog mir durch alle Glieder.

Und Becker sah mich noch einmal so merkwürdig prüfend an. Dann fragte er leise: »Hast du gestern mit dem Mädchen gesprochen?« Und als ich rot wurde, hustete er gewaltsam, es klang wie ein Stöhnen.

»Was ist mit Helene? Wo ist sie?« schrie ich angstvoll heraus.

Becker ging auf und ab und schien mich vergessen zu haben. Ich lehnte am Pfosten des Treppengeländers und fühlte mich von fremden, blutlosen Gestalten beengend und höhnisch umflattert. Nun ging Becker wieder an mir vorbei, sagte: »Komm!« und stieg die Treppe hinauf, bis wo sie eine Biegung machte. Dort setzte er sich auf eine Stufe, und ich setzte mich neben ihn, meinen Gehrock rücksichtslos zerknitternd. Einen Augenblick war es totenstill durchs ganze Haus, dann fing Becker zu sprechen an.

»Nimm dein Herz in die Hand und beiß auf die Zähne, Kleiner. Also die Helene Lampart ist tot, und zwar haben wir sie heute morgen vor der unteren Stellfalle aus dem Bach gezogen. – Sei still, sag nichts! Und nicht umfallen! Du bist nicht der einzige, dem das kein Spaß ist. Probier's jetzt und drück die Männlichkeit durch. Jetzt liegt sie in der Stube dort und sieht wieder schön genug aus, aber wie wir sie herausgeholt haben – das war bös, du, das war bös ...«

Er hielt inne und schüttelte den Kopf.

»Sei still! Nichts sagen! Später ist zum Reden Zeit genug. Es geht mich näher an als dich. – Oder nein, lassen wir's; ich sag dir das alles dann morgen.«

»Nein«, bat ich, »Becker, sag mir's! Ich muß alles wissen.«

»Nun ja. Kommentar und so weiter steht dir jederzeit zu Diensten. Ich kann jetzt nur sagen, es war gut mit dir gemeint, daß ich dich all die Zeit hier ins Haus laufen ließ. Man weiß ja nie vorher. – Also, ich bin mit der Helene verlobt gewesen. Noch nicht öffentlich, aber –«

Im Augenblick meinte ich, ich müsse aufstehen und dem Verwalter mit aller Kraft ins Gesicht hauen. Er schien es zu merken.

»Nicht so!« sagte er ruhig und sah mich an. »Wie gesagt, zu Erklärungen ist ein andermal Zeit.«

Wir saßen schweigend. Wie eine Gespensterjagd flog die ganze Geschichte zwischen Helene und Becker und mir an mir vorbei, so klar wie schnell. Warum hatte ich das nicht früher erfahren, warum nicht selber gemerkt? Wieviel Möglichkeiten hätte es da noch gegeben! Nur ein Wort, nur eine Ahnung, und ich wäre still meiner Wege gegangen, und sie läge jetzt nicht dort drinnen.

Mein Zorn war schon erstickt. Ich fühlte wohl, daß Becker die Wahrheit ahnen mußte, und ich begriff, welche Last nun auf ihm lag, da er in seiner Sicherheit mich hatte spielen lassen und nun den größeren Teil der Schuld auf seiner Seele hatte. Jetzt mußte ich noch eine Frage tun.

»Du, Becker – hast du sie lieb gehabt? Ernstlich lieb gehabt?«

Er wollte etwas sagen, aber die Stimme brach ihm ab.

Er nickte nur, zweimal, dreimal. Und als ich ihn nikken sah, und als ich sah, wie diesem zähen und harten Menschen die Stimme versagte und wie auf seinem übernächtigten Gesicht die Muskeln so deutlich redend zuckten, da fiel mich das ganze Weh erst an. Nach einer guten Weile, da ich durch die versiegenden Tränen aufschaute, stand jener vor mir und hielt mir die Hand hingestreckt. Ich nahm sie an und drückte sie, er stieg langsam vor mir her die steile Treppe hinunter und öffnete leise die Tür des Wohnzimmers, in dem Helene lag und das ich mit tiefem Grauen an jenem Morgen zum letztenmal betrat.

# HEUMOND

Das Landhaus Erlenhof lag nicht weit vom Wald und Gebirge in der hohen Ebene.

Vor dem Hause war ein großer Kiesplatz, in den die Landstraße mündete. Hier konnten die Wagen vorfahren, wenn Besuch kam. Sonst lag der viereckige Platz immer leer und still und schien dadurch noch größer, als er war, namentlich bei gutem Sommerwetter, wenn das blendende Sonnenlicht und die heiße Zitterluft ihn so anfüllte, daß man nicht daran denken mochte, ihn zu überschreiten.

Der Kiesplatz und die Straße trennten das Haus vom Garten. »Garten« sagte man wenigstens, aber es war vielmehr ein mäßig großer Park, nicht sehr breit, aber tief, mit stattlichen Ulmen, Ahornen und Platanen, gewundenen Spazierwegen, einem jungen Tannendikkicht und vielen Ruhebänken. Dazwischen lagen sonnige, lichte Rasenstücke, einige leer und einige mit Blumenrondells oder Ziersträuchern geschmückt, und in dieser heiteren, warmen Rasenfreiheit standen allein und auffallend zwei große einzelne Bäume.

Der eine war eine Trauerweide. Um ihren Stamm lief eine schmale Lattenbank, und ringsum hingen die langen, seidig zarten, müden Zweige so tief und dicht herab, daß es innen ein Zelt oder Tempel war, wo trotz des ewigen Schattens und Dämmerlichtes eine stete, matte Wärme brütete.

Der andere Baum, von der Weide durch eine niedrig umzäunte Wiese getrennt, war eine mächtige Blutbuche. Sie sah von weitem dunkelbraun und fast schwarz aus. Wenn man jedoch näher kam oder sich unter sie stellte und emporschaute, brannten alle Blätter der äußeren Zweige, vom Sonnenlichte durchdrungen, in einem warmen, leisen Purpurfeuer, das mit verhaltener und feierlich gedämpfter Glut wie in Kirchenfenstern leuchtete. Die alte Blutbuche war die berühmteste und merkwürdigste Schönheit des großen Gartens, und man konnte sie von überallher sehen. Sie stand allein und dunkel mitten in dem hellen Graslande, und sie war hoch genug, daß man, wo man auch vom Park aus nach ihr blickte, ihre runde, feste, schöngewölbte Krone mitten im blauen Luftraum stehen sah, und je heller und blendender die Bläue war, desto schwärzer und feierlicher ruhte der Baumwipfel in ihr. Er konnte je nach der Witterung und Tageszeit sehr verschieden aussehen. Oft sah man ihm an, daß er wußte, wie schön er sei und daß er nicht ohne Grund allein und stolz weit von den anderen Bäumen stehe. Er brüstete sich und blickte kühl über alles hinweg in den Himmel. Oft auch sah er aber aus, als wisse er wohl, daß er der einzige seiner Art im Garten sei und keine Brüder habe. Dann schaute er zu den übrigen, entfernten Bäumen hinüber, suchte und hatte Sehnsucht. Morgens war er am schönsten, und auch abends, bis die Sonne rot wurde, aber dann war er plötzlich gleichsam erloschen, und es schien an seinem Orte eine Stunde früher Nacht zu werden als sonst überall. Das eigentümlichste und düsterste Aussehen hatte er jedoch an Regentagen. Während die anderen Bäume atmeten und sich reckten und freudig mit hellerem Grün erprangten, stand er wie tot in seiner

Einsamkeit, vom Wipfel bis zum Boden schwarz anzusehen. Ohne daß er zitterte, konnte man doch sehen, daß er fror und daß er mit Unbehagen und Scham so allein und preisgegeben stand.

Früher war der regelmäßig angelegte Lustpark ein strenges Kunstwerk gewesen. Als dann aber Zeiten kamen, in welchen den Menschen ihr mühseliges Warten und Pflegen und Beschneiden verleidet war und niemand mehr nach den mit Mühe hergepflanzten Anlagen fragte, waren die Bäume auf sich selber angewiesen. Sie hatten Freundschaft untereinander geschlossen, sie hatten ihre kunstmäßige, isolierte Rolle vergessen, sie hatten sich in der Not ihrer alten Waldheimat erinnert, sich aneinandergelehnt, mit den Armen umschlungen und gestützt. Sie hatten die schnurgeraden Wege mit dickem Laub verborgen und mit ausgreifenden Wurzeln an sich gezogen und in nährenden Waldboden verwandelt, ihre Wipfel ineinander verschränkt und festgewachsen, und sie sahen in ihrem Schutze ein eifrig aufstrebendes Baumvolk aufwachsen, das mit glatteren Stämmen und lichteren Laubfarben die Leere füllte, den brachen Boden eroberte und durch Schatten und Blätterfall die Erde schwarz, weich und fett machte, so daß nun auch die Moose und Gräser und kleinen Gesträuche ein leichtes Fortkommen hatten.

Als nun später von neuem Menschen herkamen und den einstigen Garten zu Rast und Lustbarkeit gebrauchen wollten, war er ein kleiner Wald geworden. Man mußte sich bescheiden. Zwar wurde der alte Weg zwischen den zwei Platanenreihen wiederhergestellt, sonst aber begnügte man sich damit, schmale und gewundene Fußwege durch das Dickicht zu ziehen, die heidigen Lichtungen mit Rasen zu besäen und an guten Plätzen grüne Sitzbänke aufzustellen. Und die Leute, deren Großväter die Platanen nach der Schnur gepflanzt und beschnitten und nach Gutdünken gestellt und geformt hatten, kamen nun mit ihren Kindern zu ihnen zu Gast und waren froh, daß in der langen Verwahrlosung aus den Alleen ein Wald geworden war, in welchem Sonne und Wind ruhen und Vögel singen und Menschen ihren Gedanken, Träumen und Gelüsten nachhängen konnten.

Paul Abderegg lag im Halbschatten zwischen Gehölz und Wiese und hatte ein weiß und rot gebundenes Buch in der Hand. Bald las er darin, bald sah er übers Gras hinweg den flatternden Bläulingen nach. Er stand eben da, wo Frithjof über Meer fährt, Frithjof der Liebende, der Tempelräuber, der von der Heimat Verbannte. Groll und Reue in der Brust, segelt er über die ungastliche See, am Steuer stehend; Sturm und Gewoge bedrängen das schnelle Drachenschiff, und bitteres Heimweh bezwingt den starken Steuermann.
Über der Wiese brütete die Wärme, hoch und gellend sangen die Grillen, und im Innern des Wäldchens sangen tiefer und süßer die Vögel. Es war herrlich, in dieser einsamen Wirrnis von Düften und Tönen und Sonnenlichtern hingestreckt in den heißen Himmel zu blinzeln, oder rückwärts in die dunkeln Bäume hineinzulauschen, oder mit geschlossenen Augen sich auszurecken und das tiefe, warme Wohlsein durch alle Glieder zu spüren. Aber Frithjof fuhr über Meer, und morgen kam Besuch, und wenn er nicht heute noch

das Buch zu Ende las, war es vielleicht wieder nichts damit, wie im vorigen Herbst. Da war er auch hier gelegen und hatte die Frithjofsage angefangen, und es war auch Besuch gekommen, und mit dem Lesen hatte es ein Ende gehabt. Das Buch war dageblieben, er aber ging in der Stadt in seine Schule und dachte zwischen Homer und Tacitus beständig an das angefangene Buch und was im Tempel geschehen würde, mit dem Ring und der Bildsäule.

Er las mit neuem Eifer, halblaut, und über ihm lief ein schwacher Wind durch die Ulmenkronen, sang das Gevögel und flogen die gleißenden Falter, Mücken und Bienen. Und als er zuklappte und in die Höhe sprang, hatte er das Buch zu Ende gelesen, und die Wiese war voll Schatten, und am hellroten Himmel erlosch der Abend. Eine müde Biene setzte sich auf seinen Ärmel und ließ sich tragen. Die Grillen sangen noch immer. Paul ging schnell davon, durchs Gebüsch und den Platanenweg und dann über die Straße und den stillen Vorplatz ins Haus. Er war schön anzusehen, in der schlanken Kraft seiner sechzehn Jahre, und den Kopf hatte er mit stillen Augen gesenkt, noch von den Schicksalen des nordischen Helden erfüllt und zum Nachdenken genötigt.

Die Sommerstube, wo man die Mahlzeiten hielt, lag zuhinterst im Hause. Sie war eigentlich eine Halle, vom Garten nur durch eine Glaswand getrennt, und sprang geräumig als ein kleiner Flügel aus dem Hause vor. Hier war nun der eigentliche Garten, der von alters her »am See« genannt wurde, wenngleich statt eines Sees nur ein kleiner, länglicher Teich zwischen den Beeten, Spalierwänden, Wegen und Obstpflan-

zungen lag. Die aus der Halle ins Freie führende Treppe war von Oleandern und Palmen eingefaßt, im übrigen sah es »am See« nicht herrschaftlich, sondern behaglich ländlich aus.
»Also morgen kommen die Leutchen«, sagte der Vater. »Du freust dich hoffentlich, Paul?«
»Ja, schon.«
»Aber nicht von Herzen? Ja, mein Junge, da ist nichts zu machen. Für uns paar Leute ist ja Haus und Garten viel zu groß, und für niemand soll doch die ganze Herrlichkeit nicht da sein! Ein Landhaus und ein Park sind dazu da, daß fröhliche Menschen drin herumlaufen, und je mehr, desto besser. Übrigens kommst du mit solenner Verspätung. Suppe ist nimmer da.«
Dann wandte er sich an den Hauslehrer.
»Verehrtester, man sieht Sie ja gar nie im Garten. Ich hatte immer gedacht, Sie schwärmen fürs Landleben.«
Herr Homburger runzelte die Stirn.
»Sie haben vielleicht recht. Aber ich möchte die Ferienzeit doch möglichst zu meinen Privatstudien verwenden.«
»Alle Hochachtung, Herr Homburger! Wenn einmal Ihr Ruhm die Welt erfüllt, lasse ich eine Tafel unter Ihrem Fenster anbringen. Ich hoffe bestimmt, es noch zu erleben.«
Der Hauslehrer verzog das Gesicht. Er war sehr nervös.
»Sie überschätzen meinen Ehrgeiz«, sagte er frostig. »Es ist mir durchaus einerlei, ob mein Name einmal bekannt wird oder nicht. Was die Tafel betrifft –«
»Oh, seien Sie unbesorgt, lieber Herr! Aber Sie sind

entschieden zu bescheiden. Paul, nimm dir ein Muster!«

Der Tante erschien es nun an der Zeit, den Kandidaten zu erretten. Sie kannte diese Art von höflichen Dialogen, die dem Hausherrn so viel Vergnügen machten, und sie fürchtete sie. Indem sie Wein anbot, lenkte sie das Gespräch in andere Gleise und hielt es darin fest.

Es war hauptsächlich von den erwarteten Gästen die Rede. Paul hörte kaum darauf. Er aß nach Kräften und besann sich nebenher wieder einmal darüber, wie es käme, daß der junge Hauslehrer neben dem fast grauhaarigen Vater immer aussah, als sei er der Ältere.

Vor den Fenstern und Glastüren begann Garten, Baumland, Teich und Himmel sich zu verwandeln, vom ersten Schauer der heraufkommenden Nacht berührt. Die Gebüsche wurden schwarz und rannen in dunkle Wogen zusammen, und die Bäume, deren Wipfel die ferne Hügellinie überschnitten, reckten sich mit ungeahnten, bei Tage nie gesehenen Formen dunkel und mit einer stummen Leidenschaft in den lichteren Himmel. Die vielfältige, fruchtbare Landschaft verlor ihr friedlich buntes zerstreutes Wesen mehr und mehr und rückte in großen, fest geschlossenen Massen zusammen. Die entfernten Berge sprangen kühner und entschlossener empor, die Ebene lag schwärzlich hingebreitet und ließ nur noch die stärkeren Schwellungen des Bodens durchfühlen. Vor den Fenstern kämpfte das noch vorhandene Tageslicht müde mit dem herabfallenden Lampenschimmer.

Paul stand in dem offenen Türflügel und schaute zu, ohne viel Aufmerksamkeit und ohne viel dabei zu denken. Er dachte wohl, aber nicht an das, was er sah. Er sah es Nacht werden. Aber er konnte nicht fühlen, wie schön es war. Er war zu jung und lebendig, um so etwas hinzunehmen und zu betrachten und sein Genüge daran zu finden. Woran er dachte, das war eine Nacht am nordischen Meer. Am Strande zwischen schwarzen Bäumen wälzt der düster lodernde Tempelbrand Glut und Rauch gen Himmel, an den Felsen bricht sich die See und spiegelt wilde rote Lichter, im Dunkel enteilt mit vollen Segeln ein Wikingerschiff.

»Nun, Junge«, rief der Vater, »was hast du denn heut wieder für einen Schmöker draußen gehabt?«

»Oh, den Frithjof!«

»So so, lesen das die jungen Leute noch immer? Herr Homburger, wie denken Sie darüber? Was hält man heutzutage von diesem alten Schweden? Gilt er noch?«

»Sie meinen Esajas Tegner?«

»Ja, richtig, Esajas. Nun?«

»Ist tot, Herr Abderegg, vollkommen tot.«

»Das glaub ich gerne! Gelebt hat der Mann schon zu meinen Zeiten nicht mehr, ich meine damals, als ich ihn las. Ich wollte fragen, ob er noch Mode ist.«

»Ich bedaure, über Mode und Moden bin ich nicht unterrichtet. Was die wissenschaftlich-ästhetische Wertung betrifft –«

»Nun ja, das meinte ich. Also die Wissenschaft – –?«

»Die Literaturgeschichte verzeichnet jenen Tegner lediglich noch als Namen. Er war, wie Sie sehr richtig sagten, eine Mode. Damit ist ja alles gesagt. Das Echte, Gute ist nie Mode gewesen, aber es lebt. Und Tegner ist, wie ich sagte, tot. Er existiert für uns nicht mehr. Er scheint uns unecht, geschraubt, süßlich . . .«

Paul wandte sich heftig um.

»Das kann doch nicht sein, Herr Homburger!«

»Darf ich fragen, warum nicht?«

»Weil es schön ist! Ja, es ist einfach schön.«

»So? Das ist aber doch kein Grund, sich so aufzuregen.«

»Aber Sie sagen, es sei süßlich und habe keinen Wert. Und es ist doch wirklich schön.«

»Meinen Sie? Ja, wenn Sie so felsenfest wissen, was schön ist, sollte man Ihnen einen Lehrstuhl einräumen. Aber wie Sie sehen, Paul – diesmal stimmt Ihr Urteil nicht mit der Ästhetik. Sehen Sie, es ist gerade umgekehrt wie mit Thucydides. Den findet die Wissenschaft schön, und Sie finden ihn schrecklich. Und den Frithjof –«

»Ach, das hat doch mit der Wissenschaft nichts zu tun.«

»Es gibt nichts, schlechterdings nichts in der Welt, womit die Wissenschaft nicht zu tun hätte. – Aber, Herr Abderegg, Sie erlauben wohl, daß ich mich empfehle.«

»Schon?«

»Ich sollte noch etwas schreiben.«

»Schade, wir wären gerade so nett ins Plaudern gekommen. Aber über alles die Freiheit! Also gute Nacht!«

Herr Homburger verließ das Zimmer höflich und steif und verlor sich geräuschlos im Korridor.

»Also die alten Abenteuer haben dir gefallen, Paul?«lachte der Hausherr. »Dann laß sie dir von keiner Wissenschaft verhunzen, sonst geschieht's dir recht. Du wirst doch nicht verstimmt sein?«

»Ach, es ist nichts. Aber weißt du, ich hatte doch gehofft, der Herr Homburger würde nicht mit aufs Land kommen. Du hast ja gesagt, ich brauche in diesen Ferien nicht zu büffeln.«

»Ja, wenn ich das gesagt habe, ist's auch so, und du kannst froh sein. Und der Herr Lehrer beißt dich ja nicht.«

»Warum mußte er dann mitkommen?«

»Ja, siehst du, Junge, wo hätt er denn sonst bleiben sollen? Da, wo er daheim ist, hat er's leider nicht sonderlich schön. Und ich will doch auch mein Vergnügen haben! Mit unterrichteten und gelehrten Männern verkehren ist Gewinn, das merke dir. Ich möchte unsern Herrn Homburger nicht gern entbehren.«

»Ach, Papa, bei dir weiß man nie, was Spaß und was Ernst ist.«

»So lerne es unterscheiden, mein Sohn. Es wird dir nützlich sein. Aber jetzt wollen wir noch ein bißchen Musik machen, nicht?«

Paul zog den Vater sogleich freudig ins nächste Zimmer. Es geschah nicht häufig, daß Papa unaufgefordert mit ihm spielte. Und das war kein Wunder, denn er war ein Meister auf dem Klavier, und der Junge konnte, mit ihm verglichen, nur eben so ein wenig klimpern.

Tante Grete blieb allein zurück. Vater und Sohn gehörten zu den Musikanten, die nicht gerne einen Zuhörer vor der Nase haben, aber gerne einen unsichtbaren, von dem sie wissen, daß er nebenan sitzt und lauscht. Das wußte die Tante wohl. Wie sollte sie es auch nicht wissen? Wie sollte ihr irgendein kleiner, zarter Zug an den beiden fremd sein, die sie seit Jahren mit Liebe umgab und behütete und die sie beide wie Kinder ansah.

Sie saß ruhend in einem der biegsamen Rohrsessel und horchte. Was sie hörte, war eine vierhändig gespielte Ouvertüre, die sie gewiß nicht zum erstenmal vernahm, deren Namen sie aber nicht hätte sagen können; denn so gern sie Musik hörte, verstand sie doch wenig davon. Sie wußte, nachher würde der Alte oder der Bub beim Herauskommen fragen: »Tante, was war das für ein Stück?« Dann würde sie sagen »von Mozart« oder »aus Carmen« und dafür ausgelacht werden, denn es war immer etwas anderes gewesen.

Sie horchte, lehnte sich zurück und lächelte. Es war schade, daß niemand es sehen konnte, denn ihr Lächeln war von der echten Art. Es geschah weniger mit den Lippen als mit den Augen; das ganze Gesicht, Stirn und Wangen glänzten innig mit, und es sah aus wie ein tiefes Verstehen und Liebhaben.

Sie lächelte und horchte. Es war eine schöne Musik, und sie gefiel ihr höchlich. Doch hörte sie keineswegs die Ouvertüre allein, obwohl sie ihr zu folgen versuchte. Zuerst bemühte sie sich herauszubringen, wer oben sitze und wer unten. Paul saß unten, das hatte sie bald erhorcht. Nicht daß es gehapert hätte, aber die oberen Stimmen klangen so leicht und kühn und sangen so von innen heraus, wie kein Schüler spielen kann. Und nun konnte sich die Tante alles vorstellen. Sie sah die zwei am Flügel sitzen. Bei prächtigen Stellen sah sie den Vater zärtlich schmunzeln. Paul aber sah sie bei solchen Stellen mit geöffneten Lippen und

flammenden Augen sich auf dem Sessel höher recken. Bei besonders heiteren Wendungen paßte sie auf, ob Paul nicht lachen müsse. Dann schnitt nämlich der Alte manchmal eine Grimasse oder machte so eine burschikose Armbewegung, daß es für junge Leute nicht leicht war, an sich zu halten.
Je weiter die Ouvertüre vorwärtsgedieh, desto deutlicher sah das Fräulein ihre beiden vor sich, desto inniger las sie in ihren vom Spielen erregten Gesichtern. Und mit der raschen Musik lief ein großes Stück Leben, Erfahrung und Liebe an ihr vorbei.

Es war Nacht, man hatte einander schon »Schlaf wohl« gesagt, und jeder war in sein Zimmer gegangen. Hier und dort ging noch eine Türe, ein Fenster auf oder zu. Dann ward es still.
Was auf dem Lande sich von selber versteht, die Stille der Nacht, ist doch für den Städter immer wieder ein Wunder. Wer aus seiner Stadt heraus auf ein Landgut oder in einen Bauernhof kommt und den ersten Abend am Fenster steht oder im Bette liegt, den umfängt diese Stille wie ein Heimatzauber und Ruheport, als wäre er dem Wahren und Gesunden nähergekommen und spüre ein Wehen des Ewigen.
Es ist ja keine vollkommene Stille. Sie ist voll von Lauten, aber es sind dunkle, gedämpfte, geheimnisvolle Laute der Nacht, während in der Stadt die Nachtgeräusche sich von denen des Tages so bitter wenig unterscheiden. Es ist das Singen der Frösche, das Rauschen der Bäume, das Plätschern des Baches, der Flug eines Nachtvogels, einer Fledermaus. Und wenn etwa einmal ein verspäteter Leiterwagen vorüberjagt oder

ein Hofhund anschlägt, so ist es ein erwünschter Gruß des Lebens und wird majestätisch von der Weite des Luftraums gedämpft und verschlungen.
Der Hauslehrer hatte noch Licht brennen und ging unruhig und müde in der Stube auf und ab. Er hatte den ganzen Abend bis gegen Mitternacht gelesen. Dieser junge Herr Homburger war nicht, was er schien oder scheinen wollte. Er war kein Denker. Er war nicht einmal ein wissenschaftlicher Kopf. Aber er hatte einige Gaben, und er war jung. So konnte es ihm, in dessen Wesen es keinen befehlenden und unausweichlichen Schwerpunkt gab, an Idealen nicht fehlen.
Zur Zeit beschäftigten ihn einige Bücher, in welchen merkwürdig schmiegsame Jünglinge sich einbildeten, Bausteine zu einer neuen Kultur aufzutürmen, indem sie in einer weichen, wohllauten Sprache bald Ruskin, bald Nietzsche um allerlei kleine, schöne, leicht tragbare Kleinode bestahlen. Diese Bücher waren viel amüsanter zu lesen als Ruskin und Nietzsche selber, sie waren von koketter Grazie, groß in kleinen Nuancen und von seidig vornehmem Glanze. Und wo es auf einen großen Wurf, auf Machtworte und Leidenschaft ankam, zitierten sie Dante oder Zarathustra.
Deshalb war auch Homburgers Stirn umwölkt, sein Auge müde wie vom Durchmessen ungeheurer Räume und sein Schritt erregt und ungleich. Er fühlte, daß an die ihn umgebende schale Alltagswelt allenthalben Mauerbrecher gelegt waren und daß es galt, sich an die Propheten und Bringer der neuen Seligkeit zu halten. Schönheit und Geist würde ihre Welt durchfluten, und jeder Schritt in ihr würde von Poesie und Weisheit triefen.

Vor seinen Fenstern lag und wartete der gestirnte Himmel, die schwebende Wolke, der träumende Park, das schlafend atmende Feld und die ganze Schönheit der Nacht. Sie wartete darauf, daß er ans Fenster trete und sie schaue. Sie wartete darauf, sein Herz mit Sehnsucht und Heimweh zu verwunden, seine Augen kühl zu baden, seiner Seele gebundene Flügel zu lösen. Er legte sich aber ins Bett, zog die Lampe näher und las im Liegen weiter.

Paul Abderegg hatte kein Licht mehr brennen, schlief aber noch nicht, sondern saß im Hemde auf dem Fensterbrett und schaute in die ruhigen Baumkronen hinein. Den Helden Frithjof hatte er vergessen. Er dachte überhaupt an nichts Bestimmtes, er genoß nur die späte Stunde, deren reges Glücksgefühl ihn noch nicht schlafen ließ. Wie schön die Sterne in der Schwärze standen! Und wie der Vater heute wieder gespielt hatte! Und wie still und märchenhaft der Garten da im Dunkeln lag!

Die Juninacht umschloß den Knaben zart und dicht, sie kam ihm still entgegen, sie kühlte, was noch in ihm heiß und flammend war. Sie nahm ihm leise den Überfluß seiner Jugend ab, bis seine Augen ruhig und seine Schläfen kühl wurden, und dann blickte sie ihm lächelnd als eine gute Mutter in die Augen. Er wußte nicht mehr, wer ihn anschaue und wo er sei, er lag schlummernd auf dem Lager, atmete tief und schaute gedankenlos hingegeben in große, stille Augen, in deren Spiegel Gestern und Heute zu wunderlich verschlungenen Bildern und schwer zu entwirrenden Sagen wurden.

Auch des Kandidaten Fenster war nun dunkel. Wenn

jetzt etwa ein Nachtwanderer auf der Landstraße vorüberkam und Haus und Vorplatz, Park und Garten lautlos im Schlummer liegen sah, konnte er wohl mit einem Heimweh herüberblicken und sich des ruhevollen Anblicks mit halbem Neide freuen. Und wenn es ein armer, obdachloser Fechtbruder war, konnte er unbesorgt in den arglos offenstehenden Park eintreten und sich die längste Bank zum Nachtlager aussuchen.

Am Morgen war diesmal gegen seine Gewohnheit der Hauslehrer vor allen andern wach. Munter war er darum nicht. Er hatte sich mit dem langen Lesen bei Lampenlicht Kopfweh geholt; als er dann endlich die Lampe gelöscht hatte, war das Bett schon zu warmgelegen und zerwühlt zum Schlafen, und nun stand er nüchtern und fröstelnd mit matten Augen auf. Er fühlte deutlicher als je die Notwendigkeit einer neuen Renaissance, hatte aber für den Augenblick zur Fortsetzung seiner Studien keine Lust, sondern spürte ein heftiges Bedürfnis nach frischer Luft. So verließ er leise das Haus und wandelte langsam feldeinwärts.

Überall waren schon die Bauern an der Arbeit und blickten dem ernst Dahinschreitenden flüchtig und, wie es ihm zuweilen scheinen wollte, spöttisch nach. Dies tat ihm weh, und er beeilte sich, den nahen Wald zu erreichen, wo ihn Kühle und mildes Halblicht umfloß. Eine halbe Stunde trieb er sich verdrossen dort umher. Dann fühlte er eine innere Öde und begann zu erwägen, ob es nun wohl bald einen Kaffee geben werde. Er kehrte um und lief an den schon warm be-

sonnten Feldern und unermüdlichen Bauersleuten vorüber wieder heimwärts.
Unter der Haustür kam es ihm plötzlich unfein vor, so heftig und happig zum Frühstück zu eilen. Er wandte sich um, tat sich Gewalt an und beschloß, vorher noch gemäßigten Schrittes einen Gang durch die Parkwege zu tun, um nicht atemlos am Tisch zu erscheinen. Mit künstlich bequemem Schlenderschritt ging er durch die Platanenallee und wollte soeben gegen den Ulmenwinkel umwenden, als ein unvermuteter Anblick ihn erschreckte.
Auf der letzten, durch Holundergebüsche etwas versteckten Bank lag ausgestreckt ein Mensch. Er lag bäuchlings und hatte das Gesicht auf die Ellbogen und Hände gelegt. Herr Homburger war im ersten Schreck geneigt, an eine Greueltat zu denken, doch belehrte ihn bald das feste tiefe Atmen des Daliegenden, daß er vor einem Schlafenden stehe. Dieser sah abgerissen aus, und je mehr der Lehrersmann erkannte, daß er es mit einem vermutlich ganz jungen und unkräftigen Bürschlein zu tun habe, desto höher stieg der Mut und die Entrüstung in seiner Seele. Überlegenheit und Mannesstolz erfüllten ihn, als er nach kurzem Zögern entschlossen nähertrat und den Schläfer wachschüttelte.
»Stehen Sie auf, Kerl! Was machen Sie denn hier?«
Das Handwerksbürschlein taumelte erschrocken empor und starrte verständnislos und ängstlich in die Welt. Er sah einen Herrn im Gehrock befehlend vor sich stehen und besann sich eine Weile, was das bedeuten könne, bis ihm einfiel, daß er zu Nacht in einen

offenen Garten eingetreten sei und dort genächtigt habe. Er hatte mit Tagesanbruch weiterwollen, nun war er verschlafen und wurde zur Rechenschaft gezogen.

»Können Sie nicht reden, was tun Sie hier?«

»Nur geschlafen hab ich«, seufzte der Angedonnerte und erhob sich vollends. Als er auf den Beinen stand, bestätigte sein schmächtiges Gliedergerüste den unfertig jugendlichen Ausdruck seines fast noch kindlichen Gesichts. Er konnte höchstens achtzehn Jahr alt sein.

»Kommen Sie mit mir!« gebot der Kandidat und nahm den willenlos folgenden Fremdling mit zum Hause hinüber, wo ihm gleich unter der Türe Herr Abderegg begegnete.

»Guten Morgen, Herr Homburger, Sie sind ja früh auf! Aber was bringen Sie da für merkwürdige Gesellschaft?«

»Dieser Bursche hat Ihren Park als Nachtherberge benützt. Ich glaubte Sie davon unterrichten zu müssen.«

Der Hausherr begriff sofort. Er schmunzelte.

»Ich danke Ihnen, lieber Herr. Offen gestanden, ich hätte kaum ein so weiches Herz bei Ihnen vermutet. Aber Sie haben recht, es ist ja klar, daß der arme Kerl zum mindesten einen Kaffee bekommen muß. Vielleicht sagen Sie drinnen dem Fräulein, sie möchte ein Frühstück für ihn herausschicken? Oder warten Sie, wir bringen ihn gleich in die Küche. – Kommen Sie mit, Kleiner, es ist schon was übrig.«

Am Kaffeetisch umgab sich der Mitbegründer einer neuen Kultur mit einer majestätischen Wolke von

Ernst und Schweigsamkeit, was den alten Herrn nicht wenig freute. Es kam jedoch zu keiner Neckerei, schon weil die heute erwarteten Gäste alle Gedanken in Anspruch nahmen.
Die Tante hüpfte immer wieder sorgend und lächelnd von einer Gaststube in die andere, die Dienstboten nahmen maßvoll an der Aufregung teil oder grinsten zuschauend, und gegen Mittag setzte sich der Hausherr mit Paul in den Wagen, um zur nahen Bahnstation zu fahren.

Wenn es in Pauls Wesen lag, daß er die Unterbrechungen seines gewohnten stillen Ferienlebens durch Gastbesuche fürchtete, so war es ihm ebenso natürlich, die einmal Angekommenen nach seiner Weise möglichst kennenzulernen, ihr Wesen zu bebachten und sie sich irgendwie zu eigen zu machen. So betrachtete er auf der Heimfahrt im etwas überfüllten Wagen die drei Fremden mit stiller Aufmerksamkeit, zuerst den lebhaft redenden Professor, dann mit einiger Scheu die beiden Mädchen.
Der Professor gefiel ihm, schon weil er wußte, daß er ein Duzfreund seines Vaters war. Im übrigen fand er ihn ein wenig streng und ältlich, aber nicht zuwider und jedenfalls unsäglich gescheit. Viel schwerer war es, über die Mädchen ins reine zu kommen. Die eine war eben schlechthin ein junges Mädchen, ein Backfisch, jedenfalls ziemlich gleich alt wie er selber. Es würde nur darauf ankommen, ob sie von der spöttischen oder gutmütigen Art war, je nachdem würde es Krieg oder Freundschaft zwischen ihm und ihr geben. Im Grunde waren ja alle jungen Mädchen dieses Alters

gleich, und es war mit allen gleich schwer zu reden und auszukommen. Es gefiel ihm, daß sie wenigstens still war und nicht gleich einen Sack voll Fragen auskramte.

Die andere gab ihm mehr zu raten. Sie war, was er freilich nicht zu berechnen verstand, vielleicht drei- oder vierundzwanzig und gehörte zu der Art von Damen, welche Paul zwar sehr gerne sah und von weitem betrachtete, deren näherer Umgang ihn aber scheu machte und meist in Verlegenheiten verwickelte. Er wußte an solchen Wesen die natürliche Schönheit durchaus nicht von der eleganten Haltung und Kleidung zu trennen, fand ihre Gesten und ihre Frisuren meist affektiert und vermutete bei ihnen eine Menge von überlegenen Kenntnissen über Dinge, die ihm tiefe Rätsel waren.

Wenn er genau darüber nachdachte, haßte er diese ganze Gattung. Sie sahen alle schön aus, aber sie hatten auch alle die gleiche demütigende Zierlichkeit und Sicherheit im Benehmen, die gleichen hochmütigen Ansprüche und die gleiche geringschätzende Herablassung gegen Jünglinge seines Alters. Und wenn sie lachten oder lächelten, was sie sehr häufig taten, sah es oft so unleidlich maskenhaft und verlogen aus. Darin waren die Backfische doch viel erträglicher.

Am Gespräch nahm außer den beiden Männern nur Fräulein Thusnelde – das war die ältere, elegante – teil. Die kleine blonde Berta schwieg ebenso scheu und beharrlich wie Paul, dem sie gegenübersaß. Sie trug einen großen, weich gebogenen, ungefärbten Strohhut mit blauen Bändern und ein blaßblaues, dünnes Sommerkleid mit losem Gürtel und schmalen weißen Säumen.

Es schien, als sei sie ganz in den Anblick der sonnigen Felder und heißen Heuwiesen verloren.
Aber zwischenein warf sie häufig einen schnellen Blick auf Paul. Sie wäre noch einmal so gern mit nach Erlenhof gekommen, wenn nur der Junge nicht gewesen wäre. Er sah ja sehr ordentlich aus, aber gescheit, und die Gescheiten waren doch meistens die Widerwärtigsten. Da würde es gelegentlich so heimtückische Fremdwörter geben und auch solche herablassenden Fragen, etwa nach dem Namen einer Feldblume, und dann, wenn sie ihn nicht wußte, so ein unverschämtes Lächeln, und so weiter. Sie kannte das von ihren zwei Vettern, von denen einer Student und der andere Gymnasiast war, und der Gymnasiast war eher der schlimmere, einmal bubenhaft ungezogen und ein andermal von jener unausstehlich höhnischen Kavalierhöflichkeit, vor der sie so Angst hatte.
Eins wenigstens hatte Berta gelernt, und sie hatte beschlossen, sich auch jetzt auf alle Fälle daran zu halten: weinen durfte sie nicht, unter keinen Umständen. Nicht weinen und nicht zornig werden, sonst war sie unterlegen. Und das wollte sie hier um keinen Preis. Es fiel ihr tröstlich ein, daß für alle Fälle auch noch eine Tante da sein würde; an die wollte sie sich dann um Schutz wenden, falls es nötig werden sollte.
»Paul, bist du stumm?« rief Herr Abderegg plötzlich.
»Nein, Papa. Warum?«
»Weil du vergißt, daß du nicht allein im Wagen sitzest. Du könntest dich der Berta schon etwas freundlicher zeigen.«
Paul seufzte unhörbar. Also nun fing es an.

»Sehen Sie, Fräulein Berta, dort hinten ist dann unser Haus.«
»Aber Kinder, ihr werdet doch nicht Sie zueinander sagen!«
»Ich weiß nicht, Papa – ich glaube doch.«
»Na, dann weiter! Ist aber recht überflüssig.«
Berta war rot geworden, und kaum sah es Paul, so ging es ihm nicht anders. Die Unterhaltung zwischen ihnen war schon wieder zu Ende, und beide waren froh, daß die Alten es nicht merkten. Es wurde ihnen unbehaglich, und sie atmeten auf, als der Wagen mit plötzlichem Krachen auf den Kiesweg einbog und am Hause vorfuhr.
»Bitte, Fräulein«, sagte Paul und half Berta beim Aussteigen. Damit war er der Sorge um sie fürs erste entledigt, denn im Tor stand schon die Tante, und es schien, als lächle das ganze Haus, öffne sich und fordere zum Eintritt auf, so gastlich froh und herzlich nickte sie und streckte die Hand entgegen und empfing eins um das andere und dann jedes noch ein zweites Mal. Die Gäste wurden in ihre Stuben begleitet und gebeten, recht bald und recht hungrig zu Tische zu kommen.

Auf der weißen Tafel standen zwei große Blumensträuße und dufteten in die Speisengerüche hinein. Herr Abderegg tranchierte den Braten, die Tante visierte scharfäugig Teller und Schüsseln. Der Professor saß wohlgemut und festlich im Gehrock am Ehrenplatz, warf der Tante sanfte Blicke zu und störte den eifrig arbeitenden Hausherrn durch zahllose Fragen und Witze. Fräulein Thusnelde half zierlich und lä-

chelnd beim Herumbieten der Teller und kam sich zuwenig beschäftigt vor, da ihr Nachbar, der Kandidat, zwar wenig aß, aber noch weniger redete. Die Gegenwart eines altmodischen Professors und zweier junger Damen wirkte versteinernd auf ihn. Er war im Angstgefühl seiner jungen Würde beständig auf irgendwelche Angriffe, ja Beleidigungen gefaßt, welche er zum voraus durch eiskalte Blicke und angestrengtes Schweigen abzuwehren bemüht war.
Berta saß neben der Tante und fühlte sich geborgen. Paul widmete sich mit Anstrengung dem Essen, um nicht in Gespräche verwickelt zu werden, vergaß sich darüber und ließ es sich wirklich besser schmecken als alle anderen.
Gegen das Ende der Mahlzeit hatte der Hausherr nach hitzigem Kampfe mit seinem Freunde das Wort an sich gerissen und ließ es sich nicht wieder nehmen. Der besiegte Professor fand nun erst Zeit zum Essen und holte maßvoll nach. Herr Homburger merkte endlich, daß niemand Angriffe auf ihn plane, sah aber nun zu spät, daß sein Schweigen unfein gewesen war, und glaubte sich von seiner Nachbarin höhnisch betrachtet zu wissen. Er senkte deshalb den Kopf so weit, daß eine leichte Falte unterm Kinn entstand, zog die Augenbrauen hoch und schien Probleme im Kopf zu wälzen.
Fräulein Thusnelde begann, da der Hauslehrer versagte, ein sehr zärtliches Geplauder mit Berta, an welchem die Tante sich beteiligte.
Paul hatte sich inzwischen vollgegessen und legte, indem er sich plötzlich übersatt fühlte, Messer und Gabel nieder. Aufschauend erblickte er zufällig gerade

den Professor in einem komischen Augenblick: er hatte eben einen stattlichen Bissen zwischen den Zähnen und noch nicht von der Gabel los, als ihn gerade ein Kraftwort in der Rede Abdereggs aufzumerken nötigte. So vergaß er für Augenblicke die Gabel zurückzuziehen und schielte großäugig und mit offenem Munde auf seinen sprechenden Freund hinüber. Da brach Paul, der einem plötzlichen Lachreiz nicht widerstehen konnte, in ein mühsam gedämpftes Kichern aus.

Herr Abderegg fand im Drang der Rede nur Zeit zu einem eiligen Zornblick. Der Kandidat bezog das Lachen auf sich und biß auf die Unterlippe. Berta lachte mitgerissen ohne weiteren Grund plötzlich auch. Sie war so froh, daß Paul diese Jungenhaftigkeit passierte. Er war also wenigstens keiner von den Tadellosen.

»Was freut Sie denn so?« fragte Fräulein Thusnelde.

»Oh, eigentlich gar nichts.«

»Und dich, Berta?«

»Auch nichts. Ich lache nur so mit.«

»Darf ich Ihnen noch einschenken?« fragte Herr Homburger mit gepreßtem Ton.

»Danke, nein.«

»Aber mir, bitte«, sagte die Tante freundlich, ließ jedoch den Wein alsdann ungetrunken stehen.

Man hatte abgetragen, und es wurden Kaffee, Kognak und Zigarren gebracht.

Paul wurde von Fräulein Thusnelde gefragt, ob er auch rauche.

»Nein«, sagte er, »es schmeckt mir gar nicht.«

Dann fügte er, nach einer Pause, plötzlich ehrlich hinzu: »Ich darf auch noch nicht.«
Als er das sagte, lächelte Fräulein Thusnelde ihm schelmisch zu, wobei sie den Kopf etwas auf die Seite neigte. In diesem Augenblick erschien sie dem Knaben charmant, und er bereute den vorher auf sie geworfenen Haß.
Sie konnte doch sehr nett sein.

Der Abend war so warm und einladend, daß man noch um elf Uhr unter den leise flackernden Windlichtern im Garten draußen saß. Und daß die Gäste sich von der Reise müde gefühlt hatten und eigentlich früh zu Bett hatten gehen wollen, daran dachte jetzt niemand mehr.
Die warme Luft wogte in leichter Schwüle ungleich und träumend hin und wider, der Himmel war ganz in der Höhe sternklar und feuchtglänzend, gegen die Berge hin tiefschwarz und goldig vom fiebernden Geäder des Wetterleuchtens überspannt. Die Gebüsche dufteten süß und schwer, und der weiße Jasmin schimmerte mit unsicheren Lichtern fahl aus der Finsternis.
»Sie glauben also, diese Reform unserer Kultur werde nicht aus dem Volksbewußtsein kommen, sondern von einem oder einigen genialen Einzelnen?«
Der Professor legte eine gewisse Nachsicht in den Ton seiner Frage.
»Ich denke es mir so –«, erwiderte etwas steif der Hauslehrer und begann eine lange Rede, welcher außer dem Professor niemand zuhörte.
Herr Abderegg scherzte mit der kleinen Berta, welcher

die Tante Beistand leistete. Er lag voll Behagen im Stuhl zurück und trank Weißwein mit Sauerwasser.
»Sie haben den ›Ekkehard‹ also auch gelesen?« fragte Paul das Fräulein Thusnelde.
Sie lag in einem sehr niedriggestellten Klappstuhl, hatte den Kopf ganz zurückgelegt und sah geradeaus in die Höhe.
»Jawohl«, sagte sie. »Eigentlich sollte man Ihnen solche Bücher noch verbieten.«
»So? Warum denn?«
»Weil Sie ja doch noch nicht alles verstehen können.«
»Glauben Sie?«
»Natürlich.«
»Es gibt aber Stellen darin, die ich vielleicht besser als Sie verstanden habe.«
»Wirklich? Welche denn?«
»Die lateinischen.«
»Was Sie für Witze machen!«
Paul war sehr munter. Er hatte zu Abend etwas Wein zu trinken bekommen, nun fand er es köstlich, in die weiche, dunkle Nacht hineinzureden, und wartete neugierig, ob es ihm gelänge, die elegante Dame ein wenig aus ihrer trägen Ruhe zu bringen, zu einem heftigeren Widerspruch oder zu einem Gelächter. Aber sie schaute nicht zu ihm herüber. Sie lag unbeweglich, das Gesicht nach oben, eine Hand auf dem Stuhl, die andre bis zur Erde herabhängend. Ihr weißer Hals und ihr weißes Gesicht hoben sich matt schimmernd von den schwarzen Bäumen ab.
»Was hat Ihnen denn im ›Ekkehard‹ am besten gefallen?« fragte sie jetzt, wieder ohne ihn anzusehen.

»Der Rausch des Herrn Spazzo.«
»Ach?«
»Nein, wie die alte Waldfrau vertrieben wird.«
»So?«
»Oder eigentlich hat mir doch das am besten gefallen, wie die Praxedis ihn aus dem Kerker entwischen läßt. Das ist fein.«
»Ja, das ist fein. Wie war es nur?«
»Wie sie nachher Asche hineinschüttet –«
»Ach ja. Ja, ich weiß.«
»Aber jetzt müssen Sie mir auch sagen, was Ihnen am besten gefällt.«
»Im ›Ekkehard‹?«
»Ja, natürlich.«
»Dieselbe Stelle. Wo Praxedis dem Mönch davonhilft. Wie sie ihm da noch einen Kuß mitgibt und dann lächelt und ins Schloß zurückgeht.«
»Ja – ja«, sagte Paul langsam, aber er konnte sich des Kusses nicht erinnern.
Des Professors Gespräch mit dem Hauslehrer war zu Ende gegangen. Herr Abderegg steckte sich eine Virginia an, und Berta sah neugierig zu, wie er die Spitze der langen Zigarre über der Kerzenflamme verkohlen ließ. Das Mädchen hielt die neben ihr sitzende Tante mit dem rechten Arm umschlungen und hörte großäugig den fabelhaften Erlebnissen zu, von denen der alte Herr ihr erzählte. Es war von Reiseabenteuern, namentlich in Neapel, die Rede.
»Ist das wirklich wahr?« wagte sie einmal zu fragen.
Herr Abderegg lachte.
»Das kommt allein auf Sie an, kleines Fräulein. Wahr

ist an einer Geschichte immer nur das, was der Zuhörer glaubt.«

»Aber nein?! Da muß ich Papa drüber fragen.«

»Tun Sie das!«

Die Tante streichelte Bertas Hand, die ihre Taille umfing.

»Es ist ja Scherz, Kind.«

Sie hörte dem Geplauder zu, wehrte die taumelnden Nachtmotten von ihres Bruders Weinglas ab und gab jedem, der sie etwa anschaute, einen gütigen Blick zurück. Sie hatte ihre Freude an den alten Herren, an Berta und dem lebhaft schwatzenden Paul, an der schönen Thusnelde, die aus der Gesellschaft heraus in die Nachtbläue schaute, am Hauslehrer, der seine klugen Reden nachgenoß. Sie war noch jung genug und hatte nicht vergessen, wie es der Jugend in solchen Gartensommernächten warm und wohl sein kann. Wieviel Schicksal noch auf alle diese schönen Jungen und klugen Alten wartete! Auch auf den Hauslehrer. Wie jedem sein Leben und seine Gedanken und Wünsche so wichtig waren! Und wie schön Fräulein Thusnelde aussah! Eine wirkliche Schönheit.

Die gütige Dame streichelte Bertas rechte Hand, lächelte dem etwas vereinsamten Kandidaten liebreich zu und fühlte von Zeit zu Zeit hinter den Stuhl des Hausherrn, ob auch seine Weinflasche noch im Eise stehe.

»Erzählen Sie mir etwas aus Ihrer Schule!« sagte Thusnelde zu Paul.

»Ach, die Schule! Jetzt sind doch Ferien.«

»Gehen Sie denn nicht gern ins Gymnasium?«

»Kennen Sie jemand, der gern hineingeht?«

»Sie wollen aber doch studieren?«
»Nun ja. Ich will schon.«
»Aber was möchten Sie noch lieber?«
»Noch lieber? – Haha –. Noch lieber möcht ich Seeräuber werden.«
»Seeräuber?«
»Jawohl, Seeräuber, Pirat.«
»Dann könnten Sie aber nimmer soviel lesen.«
»Das wäre auch nicht nötig. Ich würde mir schon die Zeit vertreiben.«
»Glauben Sie?«
»O gewiß. Ich würde –«
»Nun?«
»Ich würde – ach, das kann man gar nicht sagen.«
»Dann sagen Sie es eben nicht.«
Es wurde ihm langweilig. Er rückte zu Berta hinüber und half ihr zuhören. Papa war ungemein lustig. Er sprach jetzt ganz allein, und alles hörte zu und lachte.
Da stand Fräulein Thusnelde in ihrem losen, feinen englischen Kleide langsam auf und trat an den Tisch.
»Ich möchte gute Nacht sagen.«
Nun brachen alle auf, sahen auf die Uhr und konnten nicht begreifen, daß es wirklich schon Mitternacht sei.
Auf dem kurzen Weg bis zum Hause ging Paul neben Berta, die ihm plötzlich sehr gut gefiel, namentlich seit er sie über Papas Witze so herzlich hatte lachen hören. Er war ein Esel gewesen, sich über den Besuch zu ärgern. Es war doch fein, so des Abends mit Mädchen zu plaudern.

Er fühlte sich als Kavalier und begann zu bedauern, daß er sich den ganzen Abend nur um die andere gekümmert hatte. Die war doch wohl ein Fratz. Berta war ihm viel lieber, und es tat ihm leid, daß er sich heute nicht zu ihr gehalten hatte. Und er versuchte ihr das zu sagen. Sie kicherte.
»Oh, Ihr Papa war so unterhaltend! Es war reizend.«
Er schlug ihr für morgen einen Spaziergang auf den Eichelberg vor. Es sei nicht weit und so schön. Er kam ins Beschreiben, sprach vom Weg und von der Aussicht und redete sich ganz ins Feuer.
Da ging gerade Fräulein Thusnelde an ihnen vorüber, während er im eifrigsten Reden war. Sie wandte sich ein wenig um und sah ihm ins Gesicht. Es geschah ruhig und etwas neugierg, aber er fand es spöttisch und verstummte plötzlich. Berta blickte erstaunt auf und sah ihn verdrießlich werden, ohne zu wissen warum.
Da war man schon im Hause. Berta gab Paul die Hand. Er sagte gute Nacht. Sie nickte und ging.
Thusnelde war vorausgegangen, ohne ihm gute Nacht zu sagen. Er sah sie mit einer Handlampe die Treppe hinaufgehen, und indem er ihr nachschaute, ärgerte er sich über sie.

Paul lag wach im Bette und verfiel dem feinen Fieber der warmen Nacht. Die Schwüle war im Zunehmen, das Wetterleuchten zitterte beständig an den Wänden. Zuweilen glaubte er es in weiter Ferne leise donnern zu hören. In langen Pausen kam und ging ein schlaffer Wind, der kaum die Wipfel rauschen machte.
Der Knabe überdachte halb träumend den vergange-

nen Abend und fühlte, daß er heute anders gewesen sei als sonst. Er kam sich erwachsener vor, vielmehr schien ihm die Rolle des Erwachsenen heute besser geglückt als bei früheren Versuchen. Mit dem Fräulein hatte er sich doch ganz flott unterhalten und nachher auch mit Berta.

Es quälte ihn, ob Thusnelde ihn ernstgenommen habe. Vielleicht hatte sie eben doch nur mit ihm gespielt. Und das mit dem Kuß der Praxedis mußte er morgen nachlesen. Ob er das wirklich nicht verstanden oder nur vergessen hatte?

Er hätte gern gewußt, ob Fräulein Thusnelde wirklich schön sei, richtig schön. Es schien ihm so, aber er traute weder sich noch ihr. Wie sie da beim schwachen Lampenlicht im Stuhl halb saß und halb lag, so schlank und ruhig, mit der auf dem Boden niederhängenden Hand, das hatte ihm gefallen. Wie sie lässig nach oben schaute, halb vergnügt und halb müde, und der weiße schlanke Hals – im hellen, langen Damenkleid –, das könnte geradeso auf einem Gemälde vorkommen.

Freilich, Berta war ihm entschieden lieber. Sie war ja vielleicht ein wenig sehr naiv, aber sanft und hübsch, und man konnte doch mit ihr reden ohne den Argwohn, sie mache sich heimlich über einen lustig. Wenn er es von Anfang an mit ihr gehalten hätte, statt erst im letzten Augenblick, dann könnten sie möglicherweise jetzt schon ganz gute Freude sein. Überhaupt begann es ihm jetzt leid zu tun, daß die Gäste nur zwei Tage bleiben wollten.

Aber warum hatte ihn, als er beim Heimgehen mit der Berta lachte, die andere so angesehen?

Er sah sie wieder an sich vorbeigehen und den Kopf

umwenden, und er sah wieder ihren Blick. Sie war doch schön. Er stellte sich alles wieder deutlich vor, aber er kam nicht darüber hinweg – ihr Blick war spöttisch gewesen, überlegen spöttisch. Warum? Noch wegen des ›Ekkehard‹? Oder weil er mit Berta gelacht hatte?

Der Ärger darüber verfolgte ihn noch in den Schlaf.

Am Morgen war der ganze Himmel bedeckt, doch hatte es noch nicht geregnet. Es roch überall nach Heu und nach warmem Erdstaub.

»Schade«, klagte Berta beim Herunterkommen, »man wird heute keinen Spaziergang machen können?«

»Oh, es kann sich noch den ganzen Tag halten«, tröstete Herr Abderegg.

»Du bist doch sonst nicht so eifrig fürs Spazierengehen«, meinte Fräulein Thusnelde.

»Aber wenn wir doch nur so kurz hier sind!«

»Wir haben eine Luftkegelbahn«, schlug Paul vor. »Im Garten. Auch ein Krocket. Aber Krocket ist langweilig.«

»Ich finde Krocket sehr hübsch«, sagte Fräulein Thusnelde.

»Dann können wir ja spielen.«

»Gut, nachher. Wir müssen doch erst Kaffee trinken.«

Nach dem Frühstück gingen die jungen Leute in den Garten; auch der Kandidat schloß sich an. Fürs Krocketspielen fand man das Gras zu hoch, und man entschloß sich nun doch zu dem andern Spiel. Paul schleppte eifrig die Kegel herbei und stellte auf.

»Wer fängt an?«
»Immer der, der fragt.«
»Also gut. Wer spielt mit?«
Paul bildete mit Thusnelde die eine Partei. Er spielte sehr gut und hoffte, von ihr dafür gelobt oder auch nur geneckt zu werden. Sie sah es aber gar nicht und schenkte überhaupt dem Spiel keine Aufmerksamkeit. Wenn Paul ihr die Kugel gab, schob sie unachtsam und zählte nicht einmal, wieviel Kegel fielen. Statt dessen unterhielt sie sich mit dem Hauslehrer über Turgenjeff. Herr Homburger war heute sehr höflich. Nur Berta schien ganz beim Spiel zu sein. Sie half stets beim Aufsetzen und ließ sich von Paul das Zielen zeigen.
»König aus der Mitte!« schrie Paul. »Fräulein, nun gewinnen wir sicher. Das gilt zwölf.«
Sie nickte nur.
»Eigentlich ist Turgenjeff gar kein richtiger Russe«, sagte der Kandidat und vergaß, daß es an ihm war zu spielen. Paul wurde zornig.
»Herr Homburger, Sie sind dran!«
»Ich?«
»Ja doch, wir warten alle.«
Er hätte ihm am liebsten die Kugel ans Schienbein geschleudert. Berta, die seine Verstimmung bemerkte, wurde nun auch unruhig und traf nichts mehr.
»Dann können wir ja aufhören.«
Niemand hatte etwas dagegen. Fräulein Thusnelde ging langsam weg, der Lehrer folgte ihr. Paul warf verdrießlich die noch stehenden Kegel mit dem Fuße um.
»Sollen wir nicht weiterspielen?« fragte Berta schüchtern.

»Ach, zu zweien ist es nichts. Ich will aufräumen.«
Sie half ihm bescheiden. Als alle Kegel wieder in der Kiste waren, sah er sich nach Thusnelde um. Sie war im Park verschwunden. Natürlich, er war ja für sie nur ein dummer Junge.
»Was nun?«
»Vielleicht zeigen Sie mir den Park ein wenig?«
Da schritt er so rasch durch die Wege voran, daß Berta außer Atem kam und fast laufen mußte, um nachzukommen. Er zeigte ihr das Wäldchen und die Platanenallee, dann die Blutbuche und die Wiesen. Während er sich beinahe ein wenig schämte, so grob und wortkarg zu sein, wunderte er sich zugleich, daß er sich vor Berta gar nimmer geniere. Er ging mit ihr um, wie wenn sie zwei Jahre jünger wäre. Und sie war still, sanft und schüchtern, sagte kaum ein Wort und sah ihn nur zuweilen an, als bäte sie für irgend etwas um Entschuldigung.
Bei der Trauerweide trafen sie mit den beiden andern zusammen. Der Kandidat redete noch fort, das Fräulein war still geworden und schien verstimmt. Paul wurde plötzlich gesprächiger. Er machte auf den alten Baum aufmerksam, schlug die herabhängenden Zweige auseinander und zeigte die um den Stamm laufende Rundbank.
»Wir wollen sitzen«, befahl Fräulein Thusnelde.
Alle setzten sich nebeneinander auf die Bank. Es war hier sehr warm und dunstig, die grüne Dämmerung war schlaff und schwül und machte schläfrig. Paul saß rechts neben Thusnelde.
»Wie still es da ist!« begann Herr Homburger.

Das Fräulein nickte.
»Und so heiß!« sagte sie. »Wir wollen eine Weile gar nichts reden.«
Da saßen alle vier schweigend. Neben Paul lag auf der Bank Thusneldes Hand, eine lange und schmale Damenhand mit schlanken Fingern und feinen, gepflegten, mattglänzenden Nägeln. Paul sah beständig die Hand an. Sie kam aus einem weiten hellgrauen Ärmel hervor, so weiß wie der bis übers Gelenk sichtbare Arm, sie bog sich vom Gelenk etwas nach außen und lag ganz still, als sei sie müde.
Und alle schwiegen. Paul dachte an gestern abend. Da war dieselbe Hand auch so lang und still und ruhend herabgehängt und die ganze Gestalt so regungslos halb gesessen, halb gelegen. Es paßte zu ihr, zu ihrer Figur und zu ihren Kleidern, zu ihrer angenehm weichen, nicht ganz freien Stimme, auch zu ihrem Gesicht, das mit den ruhigen Augen so klug und abwartend und gelassen aussah.
Herr Homburger sah auf die Uhr.
»Verzeihen Sie, meine Damen, ich sollte nun an die Arbeit. Sie bleiben doch hier, Paul?«
Er verbeugte sich und ging.
Die andern blieben schweigend sitzen. Paul hatte seine Linke langsam und mit ängstlicher Vorsicht wie ein Verbrecher der Frauenhand genähert und dann dicht neben ihr liegen lassen. Er wußte nicht, warum er es tat. Es geschah ohne seinen Willen, und dabei wurde ihm so drückend bang und heiß, daß seine Stirne voll von Tropfen stand.
»Krocket spiele ich auch nicht gerne«, sagte Berta leise, wie aus einem Traum heraus. Durch das Wegge-

hen des Hauslehrers war zwischen ihr und Paul eine Lücke entstanden, und sie hatte sich die ganze Zeit besonnen, ob sie herrücken solle oder nicht. Es war ihr, je länger sie zauderte, immer schwerer vorgekommen, es zu tun, und nun fing sie, nur um sich nicht länger ganz allein zu fühlen, zu reden an.

»Es ist wirklich kein nettes Spiel«, fügte sie nach einer langen Pause mit unsicherer Stimme hinzu. Doch antwortete niemand.

Es war wieder ganz still. Paul glaubte sein Herz schlagen zu hören. Es trieb ihn, aufzuspringen und irgend etwas Lustiges oder Dummes zu sagen oder wegzulaufen. Aber er blieb sitzen, ließ seine Hand liegen und hatte ein Gefühl, als würde ihm langsam, langsam die Luft entzogen, bis zum Ersticken. Nur war es angenehm, auf eine traurige, quälende Art angenehm.

Fräulein Thusnelde blickte in Pauls Gesicht, mit ihrem ruhigen und etwas müden Blick. Sie sah, daß er unverwandt auf seine Linke schaute, die dicht neben ihrer Rechten auf der Bank lag.

Da hob sie ihre Rechte ein wenig, legte sie fest auf Pauls Hand und ließ sie da liegen.

Ihre Hand war weich, doch kräftig und von trockener Wärme. Paul erschrak wie ein überraschter Dieb und fing zu zittern an, zog aber seine Hand nicht weg. Er konnte kaum noch atmen, so stark arbeitete sein Herzschlag, und sein ganzer Leib brannte und fror zugleich. Langsam wurde er blaß und sah das Fräulein flehend und angstvoll an.

»Sind Sie erschrocken?« lachte sie leise. »Ich glaube, Sie waren eingeschlafen?«

Er konnte nichts sagen. Sie hatte ihre Hand weggenommen, aber seine lag noch da und fühlte die Berührung noch immer. Er wünschte sie wegzuziehen, aber er war so matt und verwirrt, daß er keinen Gedanken oder Entschluß fassen und nichts tun konnte, nicht einmal das.

Plötzlich erschreckte ihn ein ersticktes, ängstliches Geräusch, das er hinter sich vernahm. Er wurde frei und sprang tiefatmend auf. Auch Thusnelde war aufgestanden.

Da saß Berta tiefgebückt an ihrem Platz und schluchzte.

»Gehen Sie hinein«, sagte Thusnelde zu Paul, »wir kommen gleich nach.«

Und als Paul wegging, setzte sie noch hinzu: »Sie hat Kopfweh bekommen.«

»Komm, Berta. Es ist zu heiß hier, man erstickt ja vor Schwüle. Komm, nimm dich zusammen! Wir wollen ins Haus gehen.«

Berta gab keine Antwort. Ihr magerer Hals lag auf dem hellblauen Ärmel des leichten Backfischkleidchens, aus dem der dünne, eckige Arm mit dem breiten Handgelenk herabhing. Und sie weinte still und leise schluckend, bis sie nach einer langen Weile rot und verwundert sich aufrichtete, das Haar zurückstrich und langsam und mechanisch zu lächeln begann.

Paul fand keine Ruhe. Warum hatte Thusnelde ihre Hand so auf seine gelegt? War es nur ein Scherz gewesen? Oder wußte sie, wie seltsam weh das tat? Sooft er es sich wieder vorstellte, hatte er von neuem dasselbe

Gefühl: ein erstickender Krampf vieler Nerven oder Adern, ein Druck und leichter Schwindel im Kopf, eine Hitze in der Kehle und ein lähmend ungleiches, wunderliches Wallen des Herzens, als sei der Puls unterbunden. Aber es war angenehm, so weh es tat.

Er lief am Hause vorbei zum Weiher und in den Obstgängen auf und ab. Indessen nahm die Schwüle stetig zu. Der Himmel hatte sich vollends ganz bezogen und sah gewitterig aus. Es ging kein Wind, nur hin und wieder im Gezweig ein feiner, zager Schauer, vor dem auch der fahle, glatte Spiegel des Weihers für Augenblicke kraus und silbern erzitterte.

Der kleine alte Kahn, der angebunden am Rasenufer lag, fiel dem Jungen ins Auge. Er stieg hinein und setzte sich auf die einzige noch vorhandene Ruderbank. Doch band er das Schifflein nicht los: es waren auch schon längst keine Ruder mehr da. Er tauchte die Hände ins Wasser, das war widerlich lau.

Unvermerkt überkam ihn eine grundlose Traurigkeit, die ihm ganz fremd war. Er kam sich wie in einem beklemmenden Traume vor – als könnte er, wenn er auch wollte, kein Glied rühren. Das fahle Licht, der dunkel bewölkte Himmel, der laue dunstige Teich und der alte, am Boden moosige Holznachen ohne Ruder, das sah alles unfroh, trist und elend aus, einer schweren, faden Trostlosigkeit hingegeben, die er ohne Grund teilte.

Er hörte Klavierspiel vom Hause herübertönen, undeutlich und leise. Nun waren also die andern drinnen, und wahrscheinlich spielte Papa ihnen vor. Bald erkannte Paul auch das Stück, es war aus Griegs Musik zum ›Peer Gynt‹, und er wäre gern hineingegangen.

Aber er blieb sitzen, starrte über das träge Wasser weg und durch die müden, regungslosen Obstzweige in den fahlen Himmel. Er konnte sich nicht einmal wie sonst auf das Gewitter freuen, obwohl es sicher bald ausbrechen mußte und das erste richtige in diesem Sommer sein würde.

Da hörte das Klavierspiel auf, und es war eine Weile ganz still. Bis ein paar zarte, wiegend laue Takte aufklangen, eine scheue und ungewöhnliche Musik. Und nun Gesang, eine Frauenstimme. Das Lied war Paul unbekannt, er hatte es nie gehört, er besann sich auch nicht darüber. Aber die Stimme kannte er, die leicht gedämpfte, ein wenig müde Stimme. Das war Thusnelde. Ihr Gesang war vielleicht nichts Besonderes, aber er traf und reizte den Knaben ebenso beklemmend und quälend wie die Berührung ihrer Hand. Er horchte, ohne sich zu rühren, und während er noch saß und horchte, schlugen die ersten trägen Regentropfen lau und schwer in den Weiher. Sie trafen seine Hände und sein Gesicht, ohne daß er es spürte. Er fühlte nur, daß etwas Drängendes, Gärendes, Gespanntes um ihn her oder auch in ihm selber sich verdichte und schwelle und Auswege suche. Zugleich fiel ihm eine Stelle aus dem ›Ekkehard‹ ein, und in diesem Augenblick überraschte und erschreckte ihn plötzlich die sichere Erkenntnis. Er wußte, daß er Thusnelde lieb habe. Und zugleich wußte er, daß sie erwachsen und eine Dame war, er aber ein Schuljunge, und daß sie morgen abreisen würde.

Da klang – der Gesang war schon eine Weile verstummt – die helltönige Tischglocke, und Paul ging langsam zum Hause hinüber. Vor der Türe wischte er sich die Regentropfen von den Händen, strich das Haar zurück und tat einen tiefen Atemzug, als sei er im Begriff, einen schweren Schritt zu tun.

»Ach, nun regnet es doch schon«, klagte Berta. »Nun wird also nichts daraus?«
»Aus was denn?« fragte Paul, ohne vom Teller aufzublicken.
»Wir hatten ja doch -- Sie hatten mir versprochen, mich heut auf den Eichelberg zu führen.«
»Ja so. Nein, das geht bei dem Wetter freilich nicht.«
Halb sehnte sie sich danach, er möchte sie ansehen und eine Frage nach ihrem Wohlsein tun, halb war sie froh, daß er's nicht tat. Er hatte den peinlichen Augenblick unter der Weide, da sie in Tränen ausgebrochen war, völlig vergessen. Dieser plötzliche Ausbruch hatte ihm ohnehin wenig Eindruck gemacht und ihn nur in dem Glauben bestärkt, sie sei doch noch ein recht kleines Mädchen. Statt auf sie zu achten, schielte er beständig zu Fräulein Thusnelde hinüber.
Diese führte mit dem Hauslehrer, der sich seiner albernen Rolle von gestern schämte, ein lebhaftes Gespräch über Sportsachen. Es ging Herrn Homburger dabei wie vielen Leuten; er sprach über Dinge, von denen er nichts verstand, viel gefälliger und glatter als über solche, die ihm vertraut und wichtig waren. Meistens hatte die Dame das Wort, und er begnügte sich mit Fragen, Nicken, Zustimmen und pausenfüllenden Redensarten. Die etwas kokette Plauderkunst der jungen Dame enthob ihn seiner gewohnten dickblütigen Art; es gelang ihm sogar, als er beim Weineinschenken da-

neben goß, selber zu lachen und die Sache leicht und komisch zu nehmen. Seine mit Schlauheit eingefädelte Bitte jedoch, dem Fräulein nach Tisch ein Kapitel aus einem seiner Lieblingsbücher vorlesen zu dürfen, wurde zierlich abgelehnt.

»Du hast kein Kopfweh mehr, Kind?« fragte Tante Grete.

»O nein, gar nimmer«, sagte Berta halblaut. Aber sie sah noch elend genug aus.

»O ihr Kinder!« dachte die Tante, der auch Pauls erregte Unsicherheit nicht entgangen war. Sie hatte mancherlei Ahnungen und beschloß, die zwei jungen Leute nicht unnötig zu stören, wohl aber aufmerksam zu sein und Dummheiten zu verhüten. Bei Paul war es das erstemal, dessen war sie sicher. Wie lang noch, und er würde ihrer Fürsorge entwachsen sein und seine Wege ihrem Blick entziehen! – O ihr Kinder!

Draußen war es beinahe finster geworden. Der Regen rann und ließ nach mit den wechselnden Windstößen, das Gewitter zögerte noch, und der Donner klang noch meilenfern.

»Haben Sie Furcht vor Gewittern?« fragte Herr Homburger seine Dame.

»Im Gegenteil, ich weiß nichts Schöneres. Wir könnten nachher in den Pavillon gehen und zusehen. Kommst du mit, Berta?«

»Wenn du willst, ja, gern.«

»Und Sie also auch, Herr Kandidat? – Gut, ich freue mich darauf. Es ist in diesem Jahr das erste Gewitter, nicht?«

Gleich nach Tisch brachen sie mit Regenschirmen auf, zum nahen Pavillon. Berta nahm ein Buch mit.

»Willst du dich denen nicht anschließen, Paul?« ermunterte die Tante.
»Danke, nein. Ich muß eigentlich üben.«
Er ging in einem Wirrwarr von quellenden Gefühlen ins Klavierzimmer. Aber kaum hatte er zu spielen begonnen, er wußte selbst nicht was, so kam sein Vater herein.
»Junge, könntest du dich nicht um einige Zimmer weiter verfügen? Brav, daß du üben wolltest, aber alles hat seine Zeit, und wir älteren Semester möchten bei dieser Schwüle doch gern ein wenig zu schlafen versuchen. Auf Wiedersehen, Bub!«
Der Knabe ging hinaus und durchs Eßzimmer, über den Gang und zum Tor. Drüben sah er gerade die andern den Pavillon betreten. Als er hinter sich den leisen Schritt der Tante hörte, trat er rasch ins Freie und eilte mit unbedecktem Kopf, die Hände in den Taschen, durch den Regen davon. Der Donner nahm stetig zu, und erste scheue Blitze rissen zuckend durch das schwärzliche Grau.
Paul ging um das Haus herum und gegen den Weiher hin. Er fühlte mit trotzigem Leid den Regen durch seine Kleider dringen. Die noch nicht erfrischte, schwebende Luft erhitzte ihn, so daß er beide Hände und die halbentblößten Arme in die schwer fallenden Tropfen hielt. Nun saßen die andern vergnügt im Pavillon beisammen, lachten und schwatzten, und an ihn dachte niemand. Es zog ihn hinüber, doch überwog sein Trotz; hatte er einmal nicht mitkommen wollen, so wollte er ihnen auch nicht hinterdrein nachlaufen. Und Thusnelde hatte ihn ja überhaupt nicht aufgefordet. Sie hatte Berta

und Herrn Homburger mitkommen heißen und ihn nicht. Warum ihn nicht?
Ganz durchnäßt kam er, ohne auf den Weg zu achten, ans Gärtnerhäuschen. Die Blitze jagten jetzt fast ohne Pause herab oder quer durch den Himmel in phantastisch kühnen Linien, und der Regen rauschte lauter. Unter der Holztreppe des Gärtnerschuppens klirrte es auf, und mit verhaltenem Grollen kam der große Hofhund heraus. Als er Paul erkannte, drängte er sich fröhlich und schmeichelnd an ihn. Und Paul, in plötzlich überwallender Zärtlichkeit, legte ihm den Arm um den Hals, zog ihn in den dämmernden Treppenwinkel zurück und blieb dort bei ihm kauern und sprach und koste mit ihm, er wußte nicht wie lang.
Im Pavillon hatte Herr Homburger den eisernen Gartentisch an die gemauerte Rückwand geschoben, die mit einer italienischen Küstenlandschaft bemalt war. Die heiteren Farben, Blau, Weiß und Rosa, paßten schlecht in das Regengrau und schienen trotz der Schwüle zu frieren.
»Sie haben schlechtes Wetter für Erlenhof«, sagte Herr Homburger.
»Warum? Ich finde das Gewitter prächtig.«
»Und Sie auch, Fräulein Berta?«
»Oh, ich sehe es ganz gerne.«
Es machte ihn wütend, daß die Kleine mitgekommen war. Gerade jetzt, wo er anfing, sich mit der schönen Thusnelde besser zu verstehen.
»Und morgen werden Sie wirklich schon wieder reisen?«
»Warum sagen Sie das so tragisch?«
»Es muß mir doch leid tun.«

»Wahrhaftig?«
»Aber gnädiges Fräulein –«
Der Regen prasselte auf dem dünnen Dach und quoll in leidenschaftlichen Stößen aus den Mündungen der Traufen.
»Wissen Sie, Herr Kandidat, Sie haben da einen lieben Jungen zum Schüler. Es muß ein Vergnügen sein, so einen zu unterrichten.«
»Ist das Ihr Ernst?«
»Aber gewiß. Er ist doch ein prächtiger Junge. – Nicht, Berta?«
»Oh, ich weiß nicht, ich sah ihn ja kaum.«
»Gefällt er dir denn nicht?«
»Ja, das schon. – O ja.«
»Was stellt das Wandbild da eigentlich vor, Herr Kandidat? Es scheint eine Rivieravedute?«
Paul war nach zwei Stunden ganz durchnäßt und todmüde heimgekommen, hatte ein kaltes Bad genommen und sich umgekleidet. Dann wartete er, bis die drei ins Haus zurückkehrten, und als sie kamen und als Thusneldes Stimme im Gang laut wurde, schrak er zusammen und bekam Herzklopfen. Dennoch tat er gleich darauf etwas, wozu er sich selber noch einen Augenblick zuvor den Mut nicht zugetraut hätte.
Als das Fräulein allein die Treppe heraufstieg, lauerte er ihr auf und überraschte sie in der oberen Flur. Er trat auf sie zu und streckte ihr einen kleinen Rosenstrauß entgegen. Es waren wilde Heckenröschen, die er im Regen draußen abgeschnitten hatte.
»Ist das für mich?« fragte Thusnelde.
»Ja, für Sie.«

»Womit hab ich denn das verdient? Ich fürchtete schon, Sie könnten mich gar nicht leiden.«
»Oh, Sie lachen mich ja nur aus.«
»Gewiß nicht, lieber Paul. Und ich danke schön für die Blumen. Wilde Rosen, nicht?«
»Hagrosen.«
»Ich will eine davon anstecken, nachher.«
Dann ging sie weiter nach ihrem Zimmer.

Am Abend blieb man diesmal in der Halle sitzen. Es hatte schön abgekühlt, und draußen fielen noch die Tropfen von den blankgespülten Zweigen. Man hatte im Sinn gehabt zu musizieren, aber der Professor wollte lieber die paar Stunden noch mit Abderegg verplaudern. So saßen nun alle bequem plaudernd in dem großen Raum, die Herren rauchten, und die jungen Leute hatten Limonadebecher vor sich stehen.
Die Tante sah mit Berta ein Album an und erzählte ihr alte Geschichten. Thusnelde war guter Laune und lachte viel. Den Hauslehrer hatte das lange erfolglose Reden im Pavillon stark mitgenommen, er war wieder nervös und zuckte leidend mit den Gesichtsmuskeln. Daß sie jetzt so lächerlich mit dem Büblein Paul kokettierte, fand er geschmacklos, und er suchte wählerisch nach einer Form, ihr das zu sagen.
Paul war der lebhafteste von allen. Daß Thusnelde seine Rosen im Gürtel trug und daß sie »lieber Paul« zu ihm gesagt hatte, war ihm wie Wein zu Kopf gestiegen. Er machte Witze, erzählte Geschichten, hatte glühende Backen und ließ den Blick nicht von seiner Dame, die sich seine Huldigung so graziös gefallen ließ. Dabei rief es im Grund seiner Seele ohne Unter-

laß: »Morgen geht sie fort! morgen geht sie fort!« und je lauter und schmerzlicher es rief, desto sehnlicher klammerte er sich an den schönen Augenblick, und desto lustiger redete er darauf los.

Herr Abderegg, der einen Augenblick herüberhorchte, rief lachend: »Paul, du fängst früh an!«

Er ließ sich nicht stören. Für Augenblicke faßte ihn ein drängendes Verlangen, hinauszugehen, den Kopf an den Türpfosten zu lehnen und zu schluchzen. Aber nein, nein!

Währenddessen hatte Berta mit der Tante »Du« gemacht und gab sich dankbar unter ihren Schutz. Es lag wie eine Last auf ihr, daß Paul von ihr allein nichts wissen wollte, daß er den ganzen Tag kaum ein Wort an sie gerichtet hatte, und müde und unglücklich überließ sie sich der gütigen Zärtlichkeit der Tante.

Die beiden alten Herren überboten einander im Aufwärmen von Erinnerungen und spürten kaum etwas davon, daß neben ihnen junge unausgesprochene Leidenschaften sich kreuzten und bekämpften.

Herr Homburger fiel mehr und mehr ab. Daß er hin und wieder eine schwach vergiftete Pointe ins Gespräch warf, wurde kaum beachtet, und je mehr die Bitterkeit und Auflehnung in ihm wuchs, desto weniger wollte es ihm gelingen, Worte zu finden. Er fand es kindisch, wie Paul sich gehen ließ, und unverzeihlich, wie das Fräulein darauf einging. Am liebsten hätte er gute Nacht gesagt und wäre gegangen. Aber das mußte aussehen wie ein Geständnis, daß er sein Pulver verschossen habe und kampfunfähig sei. Lieber blieb er da und trotzte. Und so widerwärtig ihm Thusneldes ausgelassen spielerisches Wesen heute abend war, so

hätte er sich doch vom Anblick ihrer weichen Gesten und ihres schwach geröteten Gesichtes jetzt nicht trennen mögen.
Thusnelde durchschaute ihn und gab sich keine Mühe, ihr Vergnügen über Pauls leidenschaftliche Aufmerksamkeit zu verbergen, schon weil sie sah, daß es den Kandidaten ärgerte. Und dieser, der in keiner Hinsicht ein Kraftmensch war, fühlte langsam seinen Zorn in jene weichlich trübe, faule Resignation übergehen, mit der bis jetzt fast alle seine Liebesversuche geendet hatten. War er denn je von einem Weib verstanden und nach seinem Wert geschätzt worden? Oh, aber er war Künstler genug, um auch die Enttäuschung, den Schmerz, das Einsambleiben mit allen ihren verborgensten Reizen zu genießen. Wenn auch mit zuckender Lippe, er genoß es doch; und wenn auch verkannt und verschmäht, er war doch der Held in der Szene, der Träger einer stummen Tragik, lächelnd mit dem Dolch im Herzen.

Man trennte sich erst spät. Als Paul in sein kühles Schlafzimmer trat, sah er durchs offene Fenster den beruhigten Himmel mit stillstehenden, milchweißen Flaumwölkchen bedeckt; durch ihre dünnen Flöre drang das Mondlicht weich und stark und spiegelte sich tausendmal in den nassen Blättern der Parkbäume. Fern über den Hügeln, nicht weit vom dunkeln Horizont, leuchtete schmal und langgestreckt wie eine Insel ein Stück reinen Himmels feucht und milde, darin ein einziger blasser Stern.
Der Knabe blickte lange hinaus und sah es nicht, sah nur ein bleiches Wogen und fühlte reine, frisch ge-

kühlte Lüfte um sich her, hörte niegehörte, tiefe Stimmen wie entfernte Stürme brausen und atmete die weiche Luft einer anderen Welt. Vorgebeugt stand er am Fenster und schaute, ohne etwas zu sehen, wie ein Geblendeter, und vor ihm ungewiß und mächtig ausgebreitet lag das Land des Lebens und der Leidenschaften, von heißen Stürmen durchzittert und von dunkelschwülem Gewölk verschattet.
Die Tante war die letzte, die zu Bette ging. Wachsam hatte sie noch Türen und Läden revidiert, nach den Lichtern gesehen und einen Blick in die dunkle Küche getan, dann war sie in ihre Stube gegangen und hatte sich beim Kerzenlicht in den altmodischen Sessel gesetzt. Sie wußte ja nun, wie es um den Kleinen stand, und sie war im Innersten froh, daß morgen die Gäste wieder reisen wollten. Wenn nur auch alles gut ablief! Es war doch eigen, so ein Kind von heut auf morgen zu verlieren. Denn daß Pauls Seele ihr nun entgleiten und mehr und mehr undurchsichtig werden müsse, wußte sie wohl, und sie sah ihn mit Sorge seine ersten, knabenhaften Schritte in den Garten der Liebe tun, von dessen Früchten sie selber zu ihrer Zeit nur wenig und fast nur die bitteren gekostet hatte. Dann dachte sie an Berta, seufzte und lächelte ein wenig und suchte dann lange in ihren Schubladen nach einem tröstenden Abschiedsgeschenk für die Kleine. Dabei erschrak sie plötzlich, als sie sah, wie spät es schon war.
Über dem schlafenden Haus und dem dämmernden Garten standen ruhig die milchweißen, flaumig dünnen Wolken, die Himmelsinsel am Horizont wuchs langsam zu einem weiten, reinen, dunkelklaren Felde,

zart von schwachglänzenden Sternen durchglüht, und über die entferntesten Hügel lief eine milde, schmale Silberlinie, sie vom Himmel trennend. Im Garten atmeten die erfrischten Bäume tief und rastend, und auf der Parkwiese wechselte mit dünnen, wesenlosen Wolkenschatten der schwarze Schattenkreis der Blutbuche.

Die sanfte, noch von Feuchtigkeit gesättigte Luft dampfte leise gegen den völlig klaren Himmel. Kleine Wasserlachen standen auf dem Kiesplatz und auf der Landstraße, blitzten goldig oder spiegelten die zarte Bläue. Knirschend fuhr der Wagen vor, und man stieg ein. Der Kandidat machte mehrere tiefe Bücklinge, die Tante nickte liebevoll und drückte noch einmal allen die Hände, die Hausmädchen sahen vom Hintergrunde der Flur der Abfahrt zu.

Paul saß im Wagen Thusnelde gegenüber und spielte den Fröhlichen. Er lobte das gute Wetter, sprach rührend von köstlichen Ferientouren in die Berge, die er vorhabe, und sog jedes Wort und jedes Lachen des Mädchens gierig ein. Am frühen Morgen war er mit schlechtem Gewissen in den Garten geschlichen und hatte in dem peinlich geschonten Lieblingsbeet seines Vaters die prächtigste halboffene Teerose abgeschnitten. Die trug er nun, zwischen Seidenpapier gelegt, versteckt in der Brusttasche und war beständig in Sorge, er könnte sie zerdrücken. Ebenso bang war ihm vor der Möglichkeit einer Entdeckung durch den Vater.

Die kleine Berta war ganz still und hielt den blühenden Jasminzweig vors Gesicht, den ihr die Tante mitgege-

ben hatte. Sie war im Grunde fast froh, nun fortzukommen.
»Soll ich Ihnen einmal eine Karte schicken?« fragte Thusnelde munter.
»O ja, vergessen Sie es nicht! Das wäre schön.«
Und dann fügte er hinzu: »Aber Sie müssen dann auch unterschreiben, Fräulein Berta.«
Sie schrak ein wenig zusammen und nickte.
»Also gut, hoffentlich denken wir auch daran«, sagte Thusnelde.
»Ja, ich will dich dann erinnern.«
Da war man schon am Bahnhof. Der Zug sollte erst in einer Viertelstunde kommen. Paul empfand diese Viertelstunde wie eine unschätzbare Gnadenfrist. Aber es ging ihm sonderbar; seit man den Wagen verlassen hatte und vor der Station auf und ab spazierte, fiel ihm kein Witz und kein Wort mehr ein. Er war plötzlich bedrückt und klein, sah oft auf die Uhr und horchte, ob der kommende Zug schon zu hören sei. Erst im letzten Augenblick zog er seine Rose hervor und drückte sie noch an der Wagentreppe dem Fräulein in die Hand. Sie nickte ihm fröhlich zu und stieg ein. Dann fuhr der Zug ab, und alles war aus.
Vor der Heimfahrt mit dem Papa graute ihm, und als dieser schon eingestiegen war, zog er den Fuß wieder vom Tritt zurück und meinte: »Ich hätte eigentlich Lust, zu Fuß heimzugehen.«
»Schlechtes Gewissen, Paulchen?«
»O nein, Papa, ich kann ja auch mitkommen.«
Aber Herr Abderegg winkte lachend ab und fuhr allein davon.

»Er soll's nur ausfressen«, knurrte er unterwegs vor sich hin, »umbringen wird's ihn nicht.« Und er dachte, seit Jahren zum erstenmal, an sein erstes Liebesabenteuer und war verwundert, wie genau er alles noch wußte. Nun war also schon die Reihe an seinem Kleinen! Aber es gefiel ihm, daß der Kleine die Rose gestohlen hatte. Er hatte sie wohl gesehen.
Zu Hause blieb er einen Augenblick vor dem Bücherschrank im Wohnzimmer stehen. Er nahm den Werther heraus und steckte ihn in die Tasche, zog ihn aber gleich darauf wieder heraus, blätterte ein wenig darin herum, begann ein Lied zu pfeifen und stellte das Büchlein an seinen Ort zurück.
Mittlerweile lief Paul auf der warmen Landstraße heimwärts und war bemüht, sich das Bild der schönen Thusnelde immer wieder vorzustellen. Erst als er heiß und erschlafft die Parkhecke erreicht hatte, öffnete er die Augen und besann sich, was er nun treiben solle. Da zog ihn die plötzlich aufblitzende Erinnerung unwiderstehlich zur Trauerweide hin. Er suchte den Baum mit heftig wallendem Verlangen auf, schlüpfte durch die tiefhängenden Zweige und setzte sich auf dieselbe Stelle der Bank, wo er gestern neben Thusnelde gesessen war und wo sie ihre Hand auf seine gelegt hatte. Er schloß die Augen, ließ die Hand auf dem Holze liegen und fühlte noch einmal den ganzen Sturm, der gestern ihn gepackt und berauscht und gepeinigt hatte. Flammen wogten um ihn, und Meere rauschten, und heiße Ströme zitterten sausend auf purpurnen Flügeln vorüber.
Paul saß noch nicht lange an seinem Platz, so klangen Schritte, und jemand trat herzu. Er blickte verwirrt

auf, aus hundert Träumen gerissen, und sah den Herrn Homburger vor sich stehen.

»Ah, Sie sind da, Paul? Schon lange?«

»Nein, ich war ja mit an der Bahn. Ich kam zu Fuß zurück.«

»Und nun sitzen Sie hier und sind melancholisch.«

»Ich bin nicht melancholisch.«

»Also nicht. Ich habe Sie zwar schon munterer gesehen.«

Paul antwortete nicht.

»Sie haben sich ja sehr um die Damen bemüht.«

»Finden Sie?«

»Besonders um die eine. Ich hätte eher gedacht, Sie würden dem jüngeren Fräulein den Vorzug geben.«

»Dem Backfisch? Hm.«

»Ganz richtig, dem Backfisch.«

Da sah Paul, daß der Kandidat ein fatales Grinsen aufsetzte, und ohne noch ein Wort zu sagen, kehrte er sich um und lief davon, mitten über die Wiese.

Mittags bei Tisch ging es sehr ruhig zu.

»Wir scheinen ja alle ein wenig müde zu sein«, lächelte Herr Abderegg. »Auch du, Paul. Und Sie, Herr Homburger? Aber es war eine angenehme Abwechslung, nicht?«

»Gewiß, Herr Abderegg.«

»Sie haben sich mit dem Fräulein gut unterhalten? Sie soll ja riesig belesen sein.«

»Darüber müßte Paul unterrichtet sein. Ich hatte leider nur für Augenblicke das Vergnügen.«

»Was sagst du dazu, Paul?«

»Ich? Von wem sprecht ihr denn?«
»Von Fräulein Thusnelde, wenn du nichts dagegen hast. Du scheinst einigermaßen zerstreut zu sein –«
»Ach, was wird der Junge sich viel um die Damen gekümmert haben«, fiel die Tante ein.

Es wurde schon wieder heiß. Der Vorplatz strahlte Hitze aus, und auf der Straße waren die letzten Regenpfützen vertrocknet. Auf ihrer sonnigen Wiese stand die alte Blutbuche, von warmem Licht umflossen, und auf einem ihrer starken Äste saß der junge Paul Abderegg, an den Stamm gelehnt und ganz von rötlich dunkeln Laubschatten umfangen. Das war ein alter Lieblingsplatz des Knaben, er war dort vor jeder Überraschung sicher. Dort auf dem Buchenast hatte er heimlicherweise im Herbst vor drei Jahren die ›Räuber‹ gelesen, dort hatte er seine erste halbe Zigarre geraucht, und dort hatte er damals das Spottgedicht auf seinen früheren Hauslehrer gemacht, bei dessen Entdeckung sich die Tante so furchtbar aufgeregt hatte. Er dachte an diese und andere Streiche mit einem überlegenen, nachsichtigen Gefühl, als wäre das alles vor Urzeiten gewesen. Kindereien, Kindereien!
Mit einem Seufzer richtete er sich auf, kehrte sich behutsam im Sitze um, zog sein Taschenmesser heraus und begann am Stamm zu ritzen. Es sollte ein Herz daraus werden, das den Buchstaben T umschloß, und er nahm sich vor, es schön und sauber auszuschneiden, wenn er auch mehrere Tage dazu brauchen sollte.
Noch am selben Abend ging er zum Gärtner hinüber, um sein Messer schleifen zu lassen. Er trat selber das Rad dazu. Auf dem Rückweg setzte er sich eine Weile

in das alte Boot, plätscherte mit der Hand im Wasser und suchte sich auf die Melodie des Liedes zu besinnen, das er gestern von hier aus hatte singen hören. Der Himmel war halb verwölkt, und es sah aus, als werde in der Nacht schon wieder ein Gewitter kommen.

# DER LATEINSCHÜLER

Mitten in dem enggebauten alten Städtlein liegt ein phantastisch großes Haus mit vielen kleinen Fenstern und jämmerlich ausgetretenen Vorstaffeln und Treppenstiegen, halb ehrwürdig und halb lächerlich, und ebenso war dem jungen Karl Bauer zumute, welcher als sechzehnjähriger Schüler jeden Morgen und Mittag mit seinem Büchersack hineinging. Da hatte er seine Freude an dem schönen, klaren und tückelosen Latein und an den altdeutschen Dichtern und hatte seine Plage mit dem schwierigen Griechisch und mit der Algebra, die ihm im dritten Jahr sowenig lieb war wie im ersten, und wieder seine Freude an ein paar graubärtigen alten Lehrern und seine Not mit ein paar jungen.

Nicht weit vom Schulhaus stand ein uralter Kaufladen, da ging es über dunkelfeuchte Stufen durch die immer offene Tür unablässig aus und ein mit Leuten, und im pechfinsteren Hausgang roch es nach Sprit, Petroleum und Käse. Karl fand sich aber gut im Dunkeln durch, denn hoch oben im selben Haus hatte er seine Kammer, dort ging er zu Kost und Logis bei der Mutter des Ladenbesitzers. So finster es unten war, so hell und frei war es droben; dort hatten sie Sonne, soviel nur schien, und sahen über die halbe Stadt hinweg, deren Dächer sie fast alle kannten und einzeln mit Namen nennen konnten.

Von den vielerlei guten Sachen, die es im Laden in großer Menge gab, kam nur sehr weniges die steile

Treppe herauf, zu Karl Bauer wenigstens, denn der Kosttisch seiner alten Frau Kusterer war mager bestellt und sättigte ihn niemals. Davon aber abgesehen hausten sie und er ganz freundschaftlich zusammen, und seine Kammer besaß er wie ein Fürst sein Schloß. Niemand störte ihn darin, er mochte treiben, was es war, und er trieb vielerlei. Die zwei Meisen im Käfig wären noch das wenigste gewesen, aber er hatte auch eine Art Schreinerwerkstatt eingerichtet, und im Ofen schmolz und goß er Blei und Zinn, und sommers hielt er Blindschleichen und Eidechsen in einer Kiste – sie verschwanden immer nach kurzer Zeit durch immer neue Löcher im Drahtgitter. Außerdem hatte er auch noch seine Geige, und wenn er nicht las oder schreinerte, so geigte er gewiß, zu allen Stunden bei Tag und bei Nacht.

So hatte der junge Mensch jeden Tag seine Freuden und ließ sich die Zeit niemals lang werden, zumal da es ihm nicht an Büchern fehlte, die er entlehnte, wo er eins stehen sah. Er las eine Menge, aber freilich war ihm nicht eins so lieb wie das andre, sondern er zog die Märchen und Sagen sowie Trauerspiele in Versen allen andern vor.

Das alles, so schön es war, hätte ihn aber doch nicht satt gemacht. Darum stieg er, wenn der fatale Hunger wieder zu mächtig wurde, so still wie ein Wiesel die alten, schwarzen Stiegen hinunter bis in den steinernen Hausgang, in welchen nur aus dem Laden her ein schwacher Lichtstreifen fiel. Dort war es nicht selten, daß auf einer hohen leeren Kiste ein Rest guten Käses lag, oder es stand ein halbvolles Heringsfäßchen offen neben der Tür, und an guten Tagen oder wenn Karl

unter dem Vorwand der Hilfsbereitschaft mutig in den Laden selber trat, kamen auch zuweilen ein paar Hände voll gedörrte Zwetschgen, Birnenschnitze oder dergleichen in seine Tasche.
Diese Züge unternahm er jedoch nicht mit Habsucht und schlechtem Gewissen, sondern teils mit der Harmlosigkeit des Hungernden, teils mit den Gefühlen eines hochherzigen Räubers, der keine Menschenfurcht kennt und der Gefahr mit kühlem Stolz ins Auge blickt. Es schien ihm ganz den Gesetzen der sittlichen Weltordnung zu entsprechen, daß das, was die alte Mutter geizig an ihm sparte, der überfüllten Schatzkammer des Sohnes entzogen würde.
Diese verschiedenartigen Gewohnheiten, Beschäftigungen und Liebhabereien hätten, neben der allmächtigen Schule her, eigentlich genügen können, um seine Zeit und seine Gedanken auszufüllen. Karl Bauer war aber davon noch nicht befriedigt. Teils in Nachahmung einiger Mitschüler, teils infolge seiner vielen schöngeistigen Lektüre, teils auch aus eignem Herzensbedürfnis betrat er in jener Zeit zum erstenmal das schöne ahnungsvolle Land der Frauenliebe. Und da er doch zum voraus genau wußte, daß sein derzeitiges Streben und Werben zu keinem realen Ziele führen würde, war er nicht allzu bescheiden und weihte seine Verehrung dem schönsten Mädchen der Stadt, das aus reichem Hause war und schon durch die Pracht seiner Kleidung alle gleichaltrigen Jungfern weit überstrahlte. An ihrem Hause ging der Schüler täglich vorbei, und wenn sie ihm begegnete, zog er den Hut so tief wie vor dem Rektor nicht.

So waren seine Umstände beschaffen, als durch einen Zufall eine ganz neue Farbe in sein Dasein kam und neue Tore zum Leben sich ihm öffneten.
Eines Abends gegen Ende des Herbstes, da Karl von der Schale mit dünnem Milchkaffee wieder gar nicht satt geworden war, trieb ihn der Hunger auf die Streife. Er glitt unhörbar die Treppe hinab und revierte im Hausgang, wo er nach kurzem Suchen einen irdenen Teller stehen sah, auf welchem zwei Winterbirnen von köstlicher Größe und Farbe sich an eine rotgeränderte Scheibe Holländerkäse lehnten.
Leicht hätte der Hungrige erraten können, daß diese Kollation für den Tisch des Hausherrn bestimmt und nur für Augenblicke von der Magd beiseitegestellt worden sei; aber im Entzücken des unerwarteten Anblicks lag ihm der Gedanke an eine gütige Schicksalsfügung viel näher, und er barg die Gabe mit dankbaren Gefühlen in seinen Taschen.
Noch ehe er damit fertig und wieder verschwunden war, trat jedoch die Dienstmagd Babett auf leisen Pantoffeln aus der Kellertüre, hatte ein Kerzenlicht in der Hand und entdeckte entsetzt den Frevel. Der junge Dieb hatte noch den Käse in der Hand; er blieb regungslos stehen und sah zu Boden, während in ihm alles auseinanderging und in einem Abgrund von Scham versank. So standen die beiden da, von der Kerze beleuchtet, und das Leben hat dem kühnen Knaben seither wohl schmerzlichere Augenblicke beschert, aber gewiß nie einen peinlicheren.
»Nein, so was!« sprach Babett endlich und sah den zerknirschten Frevler an, als wäre er eine Moritat. Dieser hatte nichts zu sagen.

»Das sind Sachen!« fuhr sie fort. »Ja, weißt du denn nicht, daß das gestohlen ist?«
»Doch, ja.«
»Herr meines Lebens, wie kommst du denn dazu?«
»Es ist halt dagestanden, Babett, und da hab ich gedacht –«
»Was denn hast gedacht?«
»Weil ich halt so elend Hunger gehabt hab . . .«
Bei diesen Worten riß das alte Mädchen seine Augen weit auf und starrte den Armen mit unendlichem Verständnis, Erstaunen und Erbarmen an.
»Hunger hast? Ja, kriegst denn nichts zu futtern da droben?«
»Wenig, Babett, wenig.«
»Jetzt da soll doch! Nun, 's ist gut, 's ist gut. Behalt das nur, was du im Sack hast, und den Käs auch, behalt's nur, 's ist noch mehr im Haus. Aber jetzt tät ich raufgehen, sonst kommt noch jemand.«
In merkwürdiger Stimmung kehrte Karl in seine Kammer zurück, setzte sich hin und verzehrte nachdenklich erst den Holländer und dann die Birnen. Dann wurde ihm freier ums Herz, er atmete auf, reckte sich und stimmte alsdann auf der Geige eine Art Dankpsalm an. Kaum war dieser beendet, so klopfte es leise an, und wie er aufmachte, stand vor der Tür die Babett und steckte ihm ein gewaltiges, ohne Sparsamkeit bestrichenes Butterbrot entgegen.
So sehr ihn dieses erfreute, wollte er doch höflich ablehnen, aber sie litt es nicht, und er gab gerne nach.
»Geigen tust du aber mächtig schön«, sagte sie bewun-

dernd, »ich hab's schon öfter gehört. Und wegen dem Essen, da will ich schon sorgen. Am Abend kann ich dir gut immer was bringen, es braucht's niemand zu wissen. Warum gibt sie dir's auch nicht besser, wo doch wahrhaftig dein Vater genug Kostgeld zahlen muß.«

Noch einmal versuchte der Bursche schüchtern dankend abzulehnen, aber sie hörte gar nicht darauf, und er fügte sich gerne. Am Ende kamen sie dahin überein, daß Karl an Tagen der Hungersnot beim Heimkommen auf der Stiege das Lied ›Güldne Abendsonne‹ pfeifen sollte, dann käme sie und brächte ihm zu essen. Wenn er etwas andres pfiffe oder gar nichts, so wäre es nicht nötig. Zerknirscht und dankbar legte er seine Hand in ihre breite Rechte, die mit starkem Druck das Bündnis besiegelte.

Und von dieser Stunde an genoß der Gymnasiast mit Behagen und Rührung die Teilnahme und Fürsorge eines guten Frauengemütes, zum erstenmal seit den heimatlichen Knabenjahren, denn er war schon früh in Pension getan worden, da seine Eltern auf dem Lande wohnten. An jene Heimatjahre ward er auch oft erinnert, denn die Babett bewachte und verwöhnte ihn ganz wie eine Mutter, was sie ihren Jahren nach auch annähernd hätte sein können. Sie war gegen vierzig und im Grunde eine eiserne, unbeugsame, energische Natur; aber Gelegenheit macht Diebe, und da sie so unerwartet an dem Jüngling einen dankbaren Freund und Schützling und Futtervogel gefunden hatte, trat mehr und mehr aus dem bisher schlummernden Grunde ihres gehärteten Gemütes ein fast zaghafter Hang zur Weichheit und selbstlosen Milde an den Tag.

Diese Regung kam dem Karl Bauer zugute und verwöhnte ihn schnell, wie denn so junge Knaben alles Dargebotene, sei es auch die seltenste Frucht, mit Bereitwilligkeit und fast wie ein gutes Recht hinnehmen. So kam es auch, daß er schon nach wenigen Tagen jene so beschämende erste Begegnung bei der Kellertüre völlig vergessen hatte und jeden Abend seine ›Güldne Abendsonne‹ auf der Treppe erschallen ließ, als wäre es nie anders gewesen.

Trotz aller Dankbarkeit wäre vielleicht Karls Erinnerung an die Babett nicht so unverwüstlich lebendig geblieben, wenn ihre Wohltaten sich dauernd auf das Eßbare beschränkt hätten. Jugend ist hungrig, aber sie ist nicht weniger schwärmerisch, und ein Verhältnis zu Jünglingen läßt sich mit Käse und Schinken, ja selbst mit Kellerobst und Wein nicht auf die Dauer warmhalten.

Die Babett war nicht nur im Hause Kusterer hochgeachtet und unentbehrlich, sondern genoß in der ganzen Nachbarschaft den Ruf einer tadelfreien Ehrbarkeit. Wo sie dabei war, ging es auf eine anständige Weise heiter zu. Das wußten die Nachbarinnen, und sie sahen es daher gern, wenn ihre Dienstmägde, namentlich die jungen, mit ihr Umgang hatten. Wen sie empfahl, der fand gute Aufnahme, und wer ihren vertrauteren Verkehr genoß, der war besser aufgehoben als im Mägdestift oder Jungfrauenverein.

Feierabends und an den Sonntagnachmittagen war also die Babett selten allein, sondern stets von einem Kranz jüngerer Mägde umgeben, denen sie die Zeit herumbringen half und mit allerlei Rat zur Hand ging. Dabei wurden Spiele gespielt, Lieder gesungen, Scherzfragen und Rätsel aufgegeben, und wer etwa einen Bräutigam oder einen Bruder besaß, durfte ihn gern mitbringen. Freilich geschah das nur selten, denn die Bräute wurden dem Kreise meistens bald untreu, und die jungen Gesellen und Knechte hatten es mit der Babett nicht so freundschaftlich wie die Mädchen. Lockere Liebesgeschichten duldete sie nicht; wenn von ihren Schützlingen eine auf solche Wege geriet und durch ernstes Vermahnen nicht zu bessern war, so blieb sie ausgeschlossen.

In diese muntere Jungferngesellschaft war der Lateinschüler als Gast aufgenommen, und vielleicht hat er dort mehr gelernt als im Gymnasium. Den Abend seines Eintritts hat er nicht vergessen. Es war im Hinterhof, die Mädchen saßen auf Treppenstaffeln und leeren Kisten, es war dunkel, und oben floß der viereckig abgeschnittene Abendhimmel noch in schwachem mildblauem Licht. Die Babett saß vor der halbrunden Kellereinfahrt auf einem Fäßchen, und Karl stand schüchtern neben ihr an den Torbalken gelehnt, sagte nichts und schaute in der Dämmerung die Gesichter der Mädchen an. Zugleich dachte er ein wenig ängstlich daran, was wohl seine Kameraden zu diesem abendlichen Verkehr sagen würden, wenn sie davon erführen.

Ach, diese Mädchengesichter! Fast alle kannte er vom Sehen schon, aber nun waren sie, so im Halblicht zusammengerückt, ganz verändert und sahen ihn wie lauter Rätsel an. Er weiß auch heute noch alle Namen und alle Gesichter und von vielen die Geschichte dazu. Was für Geschichten! Wieviel Schicksal, Ernst,

Wucht und auch Anmut in den paar kleinen Mägdeleben!

Es war die Anna vom Grünen Baum da, die hatte als ganz junges Ding in ihrem ersten Dienst einmal gestohlen und war einen Monat gesessen. Nun war sie seit Jahren treu und ehrlich und galt für ein Kleinod. Sie hatte große braune Augen und einen herben Mund, saß schweigsam da und sah den Jüngling mit kühler Neugierde an. Aber ihr Schatz, der ihr damals bei der Polizeigeschichte untreu geworden war, hatte inzwischen geheiratet und war schon wieder Witwer geworden. Er lief ihr jetzt wieder nach und wollte sie durchaus noch haben, aber sie machte sich hart und tat, als wollte sie nichts mehr von ihm wissen, obwohl sie ihn heimlich noch so lieb hatte wie je.

Die Margret aus der Binderei war immer fröhlich, sang und klang und hatte Sonne in den rotblonden Kraushaaren. Sie war beständig sauber gekleidet und hatte immer etwas Schönes und Heiteres an sich, ein blaues Band oder ein paar Blumen, und doch gab sie niemals Geld aus, sondern schickte jeden Pfennig ihrem Stiefvater heim, der's versoff und ihr nicht danke sagte. Sie hat dann später ein schweres Leben gehabt, ungeschickt geheiratet und sonst vielerlei Pech und Not, aber auch dann ging sie noch leicht und hübsch einher, hielt sich rein und schmuck und lächelte zwar seltener, aber desto schöner.

Und so fast alle, eine um die andre, wie wenig Freude und Geld und Freundliches haben sie gehabt und wieviel Arbeit, Sorge und Ärger, und wie haben sie sich durchgebracht und sind obenan geblieben, mit wenig Ausnahmen lauter wackere und unverwüstliche

Kämpferinnen! Und wie haben sie in den paar freien Stunden gelacht und sich fröhlich gemacht mit nichts, mit einem Witz und einem Lied, mit einer Handvoll Walnüsse und einem roten Bandrestchen! Wie haben sie vor Lust gezittert, wenn eine recht grausame Martergeschichte erzählt wurde, und wie haben sie bei traurigen Liedern mitgesungen und geseufzt und große Tränen in den guten Augen gehabt!

Ein paar von ihnen waren ja auch widerwärtig, krittelig und stets zum Nörgeln und Klatschen bereit, aber die Babett fuhr ihnen, wenn es not tat, schon übers Maul. Und sie trugen ja ihre Last und hatten es nicht leicht. Die Gret vom Bischofseck namentlich war eine Unglückliche. Sie trug schwer am Leben und schwer an ihrer großen Tugend, sogar im Jungfrauenverein war es ihr nicht fromm und streng genug, und bei jedem kräftigen Wort, das an sie kam, seufzte sie tief in sich hinein, biß die Lippen zusammen und sagte leise: »Der Gerechte muß viel leiden.« Sie litt jahraus, jahrein und gedieh am Ende doch dabei, aber wenn sie ihren Strumpf voll ersparter Taler überzählte, wurde sie gerührt und fing zu weinen an. Zweimal konnte sie einen Meister heiraten, aber sie tat es beidemal nicht, denn der eine war ein Leichtfuß, und der andere war selber so gerecht und edel, daß sie bei ihm das Seufzen und Unverstandensein hätte entbehren müssen.

Die alle saßen da in der Ecke des dunkeln Hofes, erzählten einander ihre Begebenheiten und warteten darauf, was der Abend nun Gutes und Fröhliches bringen würde. Ihre Reden und Gebärden wollten dem gelehrten Jüngling anfänglich nicht die klügsten und nicht die feinsten scheinen, aber bald wurde ihm, da seine Verlegenheit wich, freier und wohler, und er blickte nun auf die im Dunkel beisammenkauernden Mädchen wie auf ein ungewöhnliches, sonderbar schönes Bild.

»Ja, das wäre also der Herr Lateinschüler«, sagte die Babett und wollte sogleich die Geschichte seines kläglichen Hungerleidens vortragen, doch da zog er sie flehend am Ärmel, und sie schonte ihn gutmütig.

»Da müssen Sie sicher schrecklich viel lernen?« fragte die rotblonde Margret aus der Binderei, und sie fuhr sogleich fort: »Auf was wollen Sie denn studieren?«

»Ja, das ist noch nicht ganz bestimmt. Vielleicht Doktor.«

Das erweckte Ehrfurcht, und alle sahen ihn aufmerksam an.

»Da müssen Sie aber doch zuerst noch einen Schnurrbart kriegen«, meinte die Lene vom Apotheker, und nun lachten sie teils leise kichernd, teils kreischend auf und kamen mit hundert Neckereien, deren er sich ohne Babetts Hilfe schwerlich erwehrt hätte. Schließlich verlangten sie, er solle ihnen eine Geschichte erzählen. Ihm wollte, soviel er auch gelesen hatte, keine einfallen als das Märchen von dem, der auszog, das Gruseln zu lernen; doch hatte er kaum recht angefangen, da lachten sie und riefen: »Das wissen wir schon lang«, und die Grete vom Bischofseck sagte geringschätzig: »Das ist bloß für Kinder.« Da hörte er auf und schämte sich, und die Babett versprach an seiner Stelle: »Nächstes Mal erzählt er was andres, er hat ja soviel Bücher daheim!« Das war ihm auch recht, und er beschloß, sie glänzend zufriedenzustellen.

Unterdessen hatte der Himmel den letzten blauen

Schimmer verloren, und auf der matten Schwärze schwamm ein Stern.
»Jetzt müsset ihr aber heim«, ermahnte die Babett, und sie standen auf, schüttelten und rückten die Zöpfe und Schürzen zurecht, nickten einander zu und gingen davon, die einen durchs hintere Hoftürlein, die andern durch den Gang und die Haustüre.
Auch Karl Bauer sagte gute Nacht und stieg in seine Kammer hinauf, befriedigt und auch nicht, mit unklarem Gefühl. Denn so tief er in Jugendhochmut und Lateinschülertorheiten steckte, so hatte er doch gemerkt, daß unter diesen seinen neuen Bekannten ein andres Leben gelebt ward als das seinige und daß fast alle diese Mädchen, mit fester Kette ans rührige Alltagsleben gebunden, Kräfte in sich trugen und Dinge wußten, die für ihn so fremd wie ein Märchen waren. Nicht ohne einen kleinen Forscherdünkel gedachte er möglichst tief in die interessante Poesie dieses naiven Lebens, in die Welt des Urvolkstümlichen, der Moritaten und Soldatenlieder hineinzublicken. Aber doch fühlte er diese Welt der seinigen in gewissen Dingen unheimlich überlegen und fürchtete allerlei Tyrannei und Überwältigung von ihr.
Einstweilen ließ sich jedoch keine derartige Gefahr blicken, auch wurden die abendlichen Zusammenkünfte der Mägde immer kürzer, denn es ging schon stark in den Winter hinein, und man machte sich, wenn es auch noch so mild war, jeden Tag auf den ersten Schnee gefaßt. Immerhin fand Karl noch Gelegenheit, seine Geschichte loszuwerden. Es war die vom Zundelheiner und Zundelfrieder, die er im Schatzkästlein gelesen hatte, und sie fand keinen gerin-

gen Beifall. Die Moral am Schlusse ließ er weg, aber die Babett fügte eine solche aus eignem Bedürfnis und Vermögen hinzu. Die Mädchen, mit Ausnahme der Gret, lobten den Erzähler über Verdienst, wiederholten abwechselnd die Hauptszenen und baten sehr, er möge nächstens wieder so etwas zum besten geben. Er versprach es auch, aber schon am andern Tag wurde es so kalt, daß an kein Herumstehen im Freien mehr zu denken war, und dann kamen, je näher die Weihnacht rückte, andre Gedanken und Freuden über ihn.
Er schnitzelte alle Abend an einem Tabakskasten für seinen Papa und dann an einem lateinischen Vers dazu. Der Vers wollte jedoch niemals jenen klassischen Adel bekommen, ohne welchen ein lateinisches Distichon gar nicht auf seinen Füßen stehen kann, und so schrieb er schließlich nur »Wohl bekomm's!« in großen Schnörkelbuchstaben auf den Deckel, zog die Linien mit dem Schnitzmesser nach und polierte den Kasten mit Bimsstein. Alsdann reiste er wohlgemut in die Ferien.

Der Januar war kalt und klar, und Karl ging, sooft er eine freie Stunde hatte, auf den Eisplatz zum Schlittschuhlaufen. Dabei ging ihm eines Tages sein bißchen eingebildete Liebe zu jenem schönen Bürgermädchen verloren. Seine Kameraden umwarben sie mit hundert kleinen Kavaliersdiensten, und er konnte wohl sehen, daß sie einen wie den andern mit derselben kühlen, ein wenig neckischen Höflichkeit und Koketterie behandelte. Da wagte er es einmal und forderte sie zum Fahren auf, ohne allzusehr zu erröten und zu stottern, aber immerhin mit einigem Herzklopfen. Sie legte eine kleine, in weiches Leder gekleidete Linke in seine frostrote Rechte, fuhr mit ihm dahin und verhehlte kaum ihre Belustigung über seine hilflosen Anläufe zu einer galanten Konversation. Schließlich machte sie sich mit leichtem Dank und Kopfnicken los, und gleich darauf hörte er sie mit ihren Freundinnen, von denen manche listig nach ihm herüberschielten, so hell und boshaft lachen, wie es nur hübsche und verwöhnte kleine Mädchen können.

Das war ihm zu viel, er tat von da an diese ohnehin nicht echte Schwärmerei entrüstet von sich ab und machte sich ein Vergnügen daraus, künftighin den Fratz, wie er sie jetzt nannte, weder auf dem Eisplatz noch auf der Straße mehr zu grüßen.

Seine Freude darüber, dieser unwürdigen Fesseln einer faden Galanterie wieder ledig zu sein, suchte er dadurch zum Ausdruck zu bringen und womöglich zu erhöhen, daß er häufig in den Abendstunden mit einigen verwegenen Kameraden auf Abenteuer auszog. Sie hänselten die Polizeidiener, klopften an erleuchtete Parterrefenster, zogen an Glockensträngen und klemmten elektrische Drücker mit Zündholzspänen fest, brachten angekettete Hofhunde zur Raserei und erschreckten Mädchen und Frauen in entlegenen Vorstadtgassen durch Pfiffe, Knallerbsen und Kleinfeuerwerk.

Karl Bauer fühlte sich bei diesen Unternehmungen im winterlichen Abenddunkel eine Zeitlang überaus wohl; ein fröhlicher Übermut und zugleich ein beklemmendes Erlebensfieber machte ihn dann wild und kühn und bereitete ihm ein köstliches Herzklopfen, das er niemand eingestand und das er doch wie einen

Rausch genoß. Nachher spielte er dann zu Hause noch lange auf der Geige oder las spannende Bücher und kam sich dabei vor wie ein vom Beutezug heimgekehrter Raubritter, der seinen Säbel abgewischt und an die Wand gehängt und einen friedlich leuchtenden Kienspan entzündet hat.

Als aber bei diesen Dämmerungsfahrten allmählich alles immer wieder auf die gleichen kleinen Streiche und Ergötzungen hinauslief und als niemals etwas von den heimlich erwarteten richtigen Abenteuern passieren wollte, fing das Vergnügen allmählich an, ihm zu verleiden, und er zog sich von der ausgelassenen Kameradschaft enttäuscht mehr und mehr zurück. Und gerade an jenem Abend, da er zum letztenmal mitmachte und nur mit halbem Herzen noch dabei war, mußte ihm dennoch ein kleines Erlebnis blühen.

Die Buben liefen zu viert in der Brühelgasse hin und her, spielten mit kleinen Spazierstöckchen und sannen auf Schandtaten. Der eine hatte einen blechernen Zwicker auf der Nase, und alle vier trugen ihre Hüte und Mützen mit burschikoser Leichtfertigkeit schief auf dem Hinterkopf. Nach einer Weile wurden sie von einem eilig daherkommenden Dienstmädchen überholt, sie streifte rasch an ihnen vorbei und trug einen großen Henkelkorb am Arm. Aus dem Korbe hing ein langes Stück schwarzes Band herunter, flatterte bald lustig auf und berührte bald mit dem schon beschmutzten Ende den Boden.

Ohne eigentlich etwas dabei zu denken, faßte Karl Bauer im Übermut nach dem Bändel und hielt ihn fest. Während die junge Magd sorglos weiterging, rollte das

Band sich immer länger ab, und die Buben brachen in ein frohlockendes Gelächter aus. Da drehte das Mädchen sich um, stand wie der Blitz vor den lachenden Jünglingen, schön und jung und blond, gab dem Bauer eine Ohrfeige, nahm das verlorene Band hastig auf und eilte schnell davon.

Der Spott ging nun über den Gezüchtigten her, aber Karl war ganz schweigsam geworden und nahm an der nächsten Straßenecke kurzen Abschied.

Es war ihm sonderbar ums Herz. Das Mädchen, dessen Gesicht er nur einen Augenblick in der halbdunklen Gasse gesehen hatte, war ihm sehr schön und lieb erschienen, und der Schlag von ihrer Hand, so sehr er sich seiner schämte, hatte ihm mehr wohl als weh getan. Aber wenn er daran dachte, daß er dem lieben Geschöpf einen dummen Bubenstreich gespielt hatte und daß sie ihm nun zürnen und ihn für einen einfältigen Ulkmacher ansehen müsse, dann brannte ihn Reue und Scham.

Langsam ging er heim und pfiff auf der steilen Treppe diesmal kein Lied, sondern stieg still und bedrückt in seine Kammer hinauf. Eine halbe Stunde lang saß er in dem dunkeln und kalten Stüblein, die Stirn an der Fensterscheibe. Dann langte er die Geige hervor und spielte lauter sanfte, alte Lieder aus seiner Kinderzeit und darunter manche, die er seit vier und fünf Jahren nimmer gesungen oder gegeigt hatte. Er dachte an seine Schwester und an den Garten daheim, an den Kastanienbaum und an die rote Kapuzinerblüte an der Veranda, und an seine Mutter. Und als er dann müde und verwirrt zu Bett gegangen war und doch nicht gleich schlafen konnte, da geschah es dem trotzigen

Abenteurer und Gassenhelden, daß er ganz leise und sanft zu weinen begann und stille weiter weinte, bis er eingeschlummert war.

Karl kam nun bei den bisherigen Genossen seiner abendlichen Streifzüge in den Ruf eines Feiglings und Deserteurs, denn er nahm nie wieder an diesen Gängen teil. Statt dessen las er den Don Carlos, die Gedichte Emanuel Geibels und die Hallig von Biernatzki, fing ein Tagebuch an und nahm die Hilfsbereitschaft der guten Babett nur selten mehr in Anspruch.

Diese gewann den Eindruck, es müsse etwas bei dem jungen Manne nicht in Ordnung sein, und da sie nun einmal eine Fürsorge um ihn übernommen hatte, erschien sie eines Tages an seiner Kammertür, um nach dem Rechten zu sehen. Sie kam nicht mit leeren Händen, sondern brachte ein schönes Stück Lyonerwurst mit und drang darauf, daß Karl es sofort vor ihren Augen verzehre.

»Ach laß nur, Babett«, meinte er, »jetzt hab ich gerade keinen Hunger.«

Sie war jedoch der Ansicht, junge Leute müßten zu jeder Stunde essen können, und ließ nicht nach, bis er ihren Willen erfüllt hatte. Sie hatte einmal von der Überbürdung der Jugend an den Gymnasien gehört und wußte nicht, wie fern ihr Schützling sich von jeder Überanstrengung im Studieren hielt. Nun sah sie in der auffallenden Abnahme seiner Eßlust eine beginnende Krankheit, redete ihm ernstlich ins Gewissen, erkundigte sich nach den Einzelheiten seines Befindens und bot ihm am Ende ein bewährtes volkstümliches Laxiermittel an. Da mußte Karl doch lachen und erklärte ihr, daß er völlig gesund sei und daß sein geringerer Appetit nur von einer Laune oder Verstimmung herrührte. Das begriff sie sofort.

»Pfeifen hört man dich auch fast gar nimmer«, sagte sie lebhaft, »und es ist dir doch niemand gestorben. Sag, du wirst doch nicht gar verliebt sein?«

Karl konnte nicht verhindern, daß er ein wenig rot wurde, doch wies er diesen Verdacht mit Entrüstung zurück und behauptete, ihm fehle nichts als ein wenig Zerstreuung, er habe Langeweile.

»Dann weiß ich dir gleich etwas«, rief Babett fröhlich. »Morgen hat die kleine Lies vom unteren Eck Hochzeit. Sie war ja schon lang genug verlobt, mit einem Arbeiter. Eine bessere Partie hätte sie schon machen können, sollte man denken, aber der Mann ist nicht unrecht, und das Geld allein macht auch nicht selig. Und zu der Hochzeit mußt du kommen, die Lies kennt dich ja schon, und alle haben eine Freude, wenn du kommst und zeigst, daß du nicht zu stolz bist. Die Anna vom Grünen Baum und die Gret vom Bischofseck sind auch da und ich, sonst nicht viel Leute. Wer sollt's auch zahlen? Es ist halt nur so eine stille Hochzeit, im Haus, und kein großes Essen und kein Tanz und nichts dergleichen. Man kann ohne das vergnügt sein.«

»Ich bin aber doch nicht eingeladen«, meinte Karl zweifelnd, da die Sache ihm nicht gar so verlockend vorkam. Aber die Babett lachte nur.

»Ach was, das besorg ich schon, und es handelt sich ja auch bloß um eine Stunde oder zwei am Abend. Und jetzt fällt mir noch das Allerbeste ein! Du bringst deine Geige mit. – Warum nicht gar! Ach, dumme Ausreden! Du bringst sie mit, gelt ja, das gibt eine Unterhaltung, und man dankt dir noch dafür.«

Es dauerte nicht lange, so hatte der junge Herr zugesagt.

Am andern Tage holte ihn die Babett gegen Abend ab; sie hatte ein wohlerhaltenes Prachtkleid aus ihren jüngeren Jahren angelegt, das sie stark beengte und erhitzte, und sie war ganz aufgeregt und rot vor Festfreude. Doch duldete sie nicht, daß Karl sich umkleide, nur einen frischen Kragen solle er umlegen, und die Stiefel bürstete sie trotz des Staatskleides ihm sogleich an den Füßen ab. Dann gingen sie miteinander in das ärmliche Vorstadthaus, wo jenes junge Ehepaar eine Stube nebst Küche und Kammer gemietet hatte. Und Karl nahm seine Geige mit.

Sie gingen langsam und vorsichtig, denn seit gestern war Tauwetter eingetreten, und sie wollten doch mit reinen Stiefeln draußen ankommen. Babett trug einen ungeheuer großen und massiven Regenschirm unter den Arm geklemmt und hielt ihren rotbraunen Rock mit beiden Händen hoch heraufgezogen, nicht zu Karls Freude, der sich ein wenig schämte, mit ihr gesehen zu werden.

In dem sehr bescheidenen, weißgegipsten Wohnzimmer der Neuvermählten saßen um den tannenen, sauber gedeckten Eßtisch sieben oder acht Menschen beieinander, außer dem Paare selbst zwei Kollegen des Hochzeiters und ein paar Basen oder Freundinnen der jungen Frau. Es hatte einen Schweinebraten mit Salat zum Festmahl gegeben, und nun stand ein Kuchen auf dem Tisch und daneben am Boden zwei große Bierkrüge. Als die Babett mit Karl Bauer ankam, standen alle auf, der Hausherr machte zwei schamhafte Verbeugungen, die redegewandte Frau übernahm die Begrüßung und Vorstellung, und jeder von den Gästen gab den Angekommenen die Hand.

»Nehmet vom Kuchen«, sagte die Wirtin. Und der Mann stellte schweigend zwei neue Gläser hin und schenkte Bier ein.

Karl hatte, da noch keine Lampe angezündet war, bei der Begrüßung niemand als die Gret vom Bischofseck erkannt. Auf einen Wink Babetts drückte er ein in Papier gewickeltes Geldstück, das sie ihm zu diesem Zwecke vorher übergeben hatte, der Hausfrau in die Hand und sagte einen Glückwunsch dazu. Dann wurde ihm ein Stuhl hingeschoben, und er kam vor sein Bierglas zu sitzen.

In diesem Augenblick sah er mit plötzlichem Erschrecken neben sich das Gesicht jener jungen Magd, die ihm neulich in der Brühelgasse die Ohrfeige versetzt hatte. Sie schien ihn jedoch nicht zu erkennen, wenigstens sah sie ihm gleichmütig ins Gesicht und hielt ihm, als jetzt auf den Vorschlag des Wirtes alle miteinander anstießen, freundlich ihr Glas entgegen. Hierdurch ein wenig beruhigt, wagte Karl sie offen anzusehen. Er hatte in letzter Zeit jeden Tag oft genug an dies Gesicht gedacht, das er damals nur einen Augenblick und seither nicht wieder gesehen hatte, und nun wunderte er sich, wie anders sie aussah. Sie war sanfter und zarter, auch etwas schlanker und leichter als das Bild, das er von ihr herumgetragen hatte. Aber sie war nicht weniger hübsch und noch viel liebreizender, und es wollte ihm scheinen, sie sei kaum älter als er. Während die andern, namentlich Babett und die Anna, sich lebhaft unterhielten, wußte Karl nichts zu sagen und saß stille da, drehte sein Bierglas in der Hand und ließ die Junge, Blonde nicht aus den Augen. Wenn er daran dachte, wie oft es ihn verlangt hatte, diesen Mund zu küssen, erschrak er beinahe, denn das schien ihm nun, je länger er sie ansah, desto schwieriger und verwegener, ja ganz unmöglich zu sein.

Er wurde kleinlaut und blieb eine Weile schweigsam und unfroh sitzen. Da rief ihn die Babett auf, er solle seine Geige nehmen und etwas spielen. Der Junge sträubte und zierte sich ein wenig, griff dann aber in den Kasten, zupfte, stimmte und spielte ein beliebtes Lied, das, obwohl er zu hoch angestimmt hatte, die ganze Gesellschaft gleich mitsang.

Damit war das Eis gebrochen, und es entstand eine laute Fröhlichkeit um den Tisch. Eine nagelneue kleine Stehlampe ward vorgezeigt, mit Öl gefüllt und angezündet, Lied um Lied klang in der Stube auf, ein frischer Krug Bier wurde aufgestellt, und als Karl Bauer einen der wenigen Tänze, die er konnte, anstimmte, waren im Augenblick drei Paare auf dem Plan und drehten sich lachend durch den viel zu engen Raum.

Gegen neun Uhr brachen die Gäste auf. Die Blonde hatte eine Straße lang denselben Weg wie Karl und Babett, und auf diesem Wege wagte er es, ein Gespräch mit dem Mädchen zu führen.

»Wo sind Sie denn hier im Dienst?« fragte er schüchtern.

»Beim Kaufmann Kolderer, in der Salzgasse am Eck.«

»So, so.«

»Ja.«
»Ja freilich. So . . .«
Dann gab es eine längere Pause. Aber er riskierte es und fing noch einmal an.
»Sind Sie schon lange hier?«
»Ein halb Jahr.«
»Ich mein immer, ich hätte Sie schon einmal gesehen.«
»Ich Sie aber nicht.«
»Einmal am Abend, in der Brühelgasse, nicht?«
»Ich weiß nichts davon. Liebe Zeit, man kann ja nicht alle Leute auf der Gasse so genau angucken.«
Glücklich atmete er auf, daß sie den Übeltäter von damals nicht in ihm erkannt hatte; er war schon entschlossen gewesen, sie um Verzeihung zu bitten.
Da war sie an der Ecke ihrer Straße und blieb stehen, um Abschied zu nehmen. Sie gab der Babett die Hand, und zu Karl sagte sie: »Adieu denn, Herr Student. Und danke auch schön?«
»Für was denn?«
»Für die Musik, für die schöne. Also gut Nacht miteinander.«
Karl streckte ihr, als sie eben umdrehen wollte, die Hand hin, und sie legte die ihre flüchtig darein. Dann war sie fort.
Als er nachher auf dem Treppenabsatz der Babett gut Nacht sagte, fragte sie: »Nun, ist's schön gewesen oder nicht?«
»Schön ist's gewesen, wunderschön, jawohl«, sagte er glücklich und war froh, daß es so dunkel war, denn er fühlte, wie ihm das warme Blut ins Gesicht stieg.

Die Tage nahmen zu. Es wurde allmählich wärmer und blauer, auch in den verstecktesten Gräben und Hofwinkeln schmolz das alte graue Grundeis weg, und an hellen Nachmittagen wehte schon Vorfrühlingsahnung in den Lüften.

Da eröffnete auch die Babett ihren abendlichen Hofzirkel wieder und saß, sooft es die Witterung dulden wollte, vor der Kellereinfahrt im Gespräch mit ihren Freundinnen und Schutzbefohlenen. Karl aber hielt sich fern und lief in der Traumwolke seiner Verliebtheit herum. Das Vivarium in seiner Stube hatte er eingehen lassen, auch das Schnitzen und Schreinern trieb er nicht mehr. Dafür hatte er sich ein Paar eiserne Hanteln von unmäßiger Größe und Schwere angeschafft und turnte damit, wenn das Geigen nimmer helfen wollte, bis zur Erschöpfung in seiner Kammer auf und ab.

Drei- oder viermal war er der hellblonden jungen Magd wieder auf der Gasse begegnet und hatte sie jedesmal liebenswerter und schöner gefunden. Aber mit ihr gesprochen hatte er nicht mehr und sah auch keine Aussicht dazu offen.

Da geschah es an einem Sonntagnachmittag, dem ersten Sonntag im März, daß er beim Verlassen des Hauses nebenan im Höflein die Stimmen der versammelten Mägde erlauschte und in plötzlich erregter Neugierde sich ans angelegte Tor stellte und durch den Spalt hinausspähte. Er sah die Gret und die fröhliche Margret aus der Binderei dasitzen und hinter ihnen einen lichtblonden Kopf, der sich in diesem Augenblick ein wenig erhob. Und Karl erkannte sein Mädchen, die blonde Tine, und mußte vor frohem Schrekken erst veratmen und sich zusammenraffen, ehe er die Tür aufstoßen und zu der Gesellschaft treten konnte.

»Wir haben schon gemeint, der Herr sei vielleicht zu stolz geworden«, rief die Margret lachend und streckte ihm als erste die Hand entgegen. Die Babett drohte ihm mit dem Finger, machte ihm aber zugleich einen Platz frei und hieß ihn sitzen. Dann fuhren die Weiber in ihren vorigen Gesprächen fort. Karl aber verließ sobald wie möglich seinen Sitz und schritt eine Weile hin und her, bis er neben der Tine haltmachte.

»So, sind Sie auch da?« fragte er leise.

»Jawohl, warum auch nicht? Ich habe immer geglaubt, Sie kämen einmal. Aber Sie müssen gewiß alleweil lernen.«

»Oh, so schlimm ist das nicht mit dem Lernen, das läßt sich noch zwingen. Wenn ich nur gewußt hätte, daß Sie dabei sind, dann wär ich sicher immer gekommen.«

»Ach, gehen Sie doch mit so Komplimenten!«

»Es ist aber wahr, ganz gewiß. Wissen Sie, damals bei der Hochzeit ist es so schön gewesen.«

»Ja, ganz nett.«

»Weil Sie dort gewesen sind, bloß deswegen.«

»Sagen Sie keine so Sachen, Sie machen ja nur Spaß.«

»Nein, nein. Sie müssen mir nicht bös sein.«

»Warum auch bös?«

»Ich hatte schon Angst, ich sehe Sie am Ende gar nimmer.«

»So, und was dann?«

»Dann – dann weiß ich gar nicht, was ich getan hätte. Vielleicht wär ich ins Wasser gesprungen.«

»O je, 's wär schad um die Haut, sie hätt können naß werden.«

»Ja, Ihnen wär's natürlich nur zum Lachen gewesen.«

»Das doch nicht. Aber Sie reden auch ein Zeug, daß man ganz sturm im Kopf könnt werden. Geben Sie Obacht, sonst auf einmal glaub ich's Ihnen.«

»Das dürfen Sie auch tun, ich mein es nicht anders.«

Hier wurde er von der herben Stimme der Gret übertönt. Sie erzählte schrill und klagend eine lange Schreckensgeschichte von einer bösen Herrschaft, die eine Magd erbärmlich behandelt und gespeist und dann, nachdem sie krank geworden war, ohne Sang und Klang entlassen hatte. Und kaum war sie mit dem Erzählen fertig, so fiel der Chor der andern laut und heftig ein, bis die Babett zum Frieden mahnte. Im Eifer der Debatte hatte Tines nächste Nachbarin dieser den Arm um die Hüfte gelegt, und Karl Bauer merkte, daß er einstweilen auf eine Fortführung des Zwiegespräches verzichten müsse.

Er kam auch zu keiner neuen Annäherung, harrte aber wartend aus, bis nach nahezu zwei Stunden die Margret das Zeichen zum Aufbruch gab. Es war schon dämmerig und kühl geworden. Er sagte kurz adieu und lief eilig davon.

Als eine Viertelstunde später die Tine sich in der Nähe ihres Hauses von der letzten Begleiterin verabschiedet hatte und die kleine Strecke vollends allein ging, trat plötzlich hinter einem Ahornbaume hervor der La-

teinschüler ihr in den Weg und grüßte sie mit schüchterner Höflichkeit. Sie erschrak ein wenig und sah ihn beinahe zornig an.
»Was wollen Sie denn, Sie?«
Da bemerkte sie, daß der junge Kerl ganz ängstlich und bleich aussah, und sie milderte Blick und Stimme beträchtlich.
»Also, was ist's denn mit Ihnen?«
Er stotterte sehr und brachte wenig Deutliches heraus. Dennoch verstand sie, was er meine, und verstand auch, daß es ihm Ernst sei, und kaum sah sie den Jungen so hilflos in ihre Hände geliefert, so tat er ihr auch schon leid, natürlich ohne daß sie darum weniger Stolz und Freude über ihren Triumph empfunden hätte.
»Machen Sie keine dummen Sachen«, redete sie ihm gütig zu. Und als sie hörte, daß er erstickte Tränen in der Stimme hatte, fügte sie hinzu: »Wir sprechen ein andermal miteinander, jetzt muß ich heim. Sie dürfen auch nicht so aufgeregt sein, nicht wahr? Also aufs Wiedersehen!«
Damit enteilte sie nickend, und er ging langsam, langsam davon, während die Dämmerung zunahm und vollends in Finsternis und Nacht überging. Er schritt durch Straßen und über Plätze, an Häusern, Mauern, Gärten und sanftfließenden Brunnen vorbei, ins Feld vor die Stadt hinaus und wieder in die Stadt hinein, unter den Rathausbogen hindurch und am oberen Marktplatz hin, aber alles war verwandelt und ein unbekanntes Fabelland geworden. Er hatte ein Mädchen lieb, und er hatte es ihr gesagt, und sie war gütig gegen ihn gewesen und hatte »auf Wiedersehen« zu ihm gesagt!

Lange schritt er ziellos so umher, und da es ihm kühl wurde, hatte er die Hände in die Hosentaschen gesteckt, und als er beim Einbiegen in seine Gasse aufschaute und den Ort erkannte und aus seinem Traum erwachte, fing er ungeachtet der späten Abendstunde an laut und durchdringend zu pfeifen. Es tönte widerhallend durch die nächtige Straße und verklang erst im kühlen Hausgang der Witwe Kusterer.

Tine machte sich darüber, was aus der Sache werden solle, viele Gedanken, jedenfalls mehr als der Verliebte, der vor Erwartungsfieber und süßer Erregung nicht zum Nachdenken kam. Das Mädchen fand, je länger sie sich das Geschehene vorhielt und überlegte, desto weniger Tadelnswertes an dem hübschen Knaben; auch war es ihr ein neues und köstliches Gefühl, einen so feinen und gebildeten, dazu unverdorbenen Jüngling in sie verliebt zu wissen. Dennoch dachte sie keinen Augenblick an ein Liebesverhältnis, das ihr nur Schwierigkeiten oder gar Schaden bringen und jedenfalls zu keinem soliden Ziele führen konnte.
Hingegen widerstrebte es ihr auch wieder, dem armen Buben durch eine harte Antwort oder durch gar keine wehe zu tun. Am liebsten hätte sie ihn halb schwesterlich, halb mütterlich in Güte und Scherz zurückgewiesen. Mädchen sind in diesen Jahren schon fertiger und ihres Wesens sicherer als Knaben, und eine Dienstmagd vollends, die ihr eigen Brot verdient, ist in Dingen der Lebensklugheit jedem Schüler oder Studentlein weit überlegen, zumal wenn dieser verliebt ist und sich willenlos ihrem Gutdünken überläßt.
Die Gedanken und Entschlüsse der bedrängten Magd

schwankten zwei Tage lang hin und wider. Sooft sie zu dem Schluß gekommen war, eine strenge und deutliche Abweisung sei doch das Richtige, sooft wehrte sich ihr Herz, das in den Jungen zwar nicht verliebt, aber ihm doch in mitleidig-gütigem Wohlwollen zugetan war.

Und schließlich machte sie es, wie es die meisten Leute in derartigen Lagen machen: sie wog ihre Entschlüsse so lang gegeneinander ab, bis sie gleichsam abgenutzt waren und zusammen wieder dasselbe zweifelnde Schwanken darstellten wie in der ersten Stunde. Und als es Zeit zu handeln war, tat und sagte sie kein Wort von dem zuvor Bedachten und Beschlossenen, sondern überließ sich völlig dem Augenblick, gerade wie Karl Bauer auch.

Diesem begegnete sie am dritten Abend, als sie ziemlich spät noch auf einen Ausgang geschickt wurde, in der Nähe ihres Hauses. Er grüßte bescheiden und sah ziemlich kleinlaut aus. Nun standen die zwei jungen Leute voreinander und wußten nicht recht, was sie einander zu sagen hätten. Die Tine fürchtete, man möchte sie sehen, und trat schnell in eine offenstehende, dunkle Toreinfahrt, wohin Karl ihr ängstlich folgte. Nebenzu scharrten Rosse in einem Stall, und in irgendeinem benachbarten Hof oder Garten probierte ein unerfahrener Dilettant seine Anfängergriffe auf einer Blechflöte.

»Was der aber zusammenbläst!« sagte Tine leise und lachte gezwungen.

»Tine!«

»Ja, was denn?«

»Ach, Tine – –«

Der scheue Junge wußte nicht, was für ein Spruch seiner warte, aber es wollte ihm scheinen, die Blonde zürne ihm nicht unversöhnlich.
»Du bist so lieb«, sagte er ganz leise und erschrak sofort darüber, daß er sie ungefragt geduzt hatte.
Sie zögerte eine Weile mit der Antwort. Da griff er, dem der Kopf ganz leer und wirbelig war, nach ihrer Hand, und er tat es so schüchtern und hielt die Hand so ängstlich lose und bittend, daß es ihr unmöglich wurde, ihm den verdienten Tadel zu erteilen. Vielmehr lächelte sie und fuhr dem armen Liebhaber mit ihrer freien Linken sachte übers Haar.
»Bist du mir auch nicht bös?« fragte er, selig bestürzt.
»Nein, du Bub, du kleiner«, lachte Tine nun freundlich. »Aber fort muß ich jetzt, man wartet daheim auf mich. Ich muß ja noch Wurst holen.«
»Darf ich nicht mit?«
»Nein, was denkst du auch! Geh voraus und heim, nicht daß uns jemand beieinander sieht.«
»Also gut Nacht, Tine.«
»Ja, geh jetzt nur! Gut Nacht.«
Er hatte noch mehreres fragen und erbitten wollen, aber er dachte jetzt nimmer daran und ging glücklich fort, mit leichten, ruhigen Schritten, als sei die gepflasterte Stadtstraße ein weicher Rasenboden, und mit blinden, einwärtsgekehrten Augen, als komme er aus einem blendend lichten Lande. Er hatte ja kaum mit ihr gesprochen, aber er hatte du zu ihr gesagt und sie zu ihm, er hatte ihre Hand gehalten, und sie war ihm mit der ihren übers Haar gefahren. Das schien ihm mehr als genug, und auch noch nach vielen Jahren

fühlte er, sooft er an diesen Abend dachte, ein Glück und eine dankbare Güte seine Seele wie ein Lichtschein erfüllen.

Die Tine freilich, als sie nachträglich das Begebnis überdachte, konnte durchaus nimmer begreifen, wie das zugegangen war. Doch fühlte sie wohl, daß Karl an diesem Abend ein Glück erlebt habe und ihr dafür dankbar sei, auch vergaß sie seine kindliche Verschämtheit nicht und konnte schließlich in dem Geschehenen kein so großes Unheil finden. Immerhin wußte sich das kluge Mädchen von jetzt an für den Schwärmer verantwortlich und nahm sich vor, ihn so sanft und sicher wie möglich an dem angesponnenen Faden zum Rechten zu führen. Denn daß eines Menschen erste Verliebtheit, sie möge noch so heilig und köstlich sein, doch nur ein Behelf und ein Umweg sei, das hatte sie, es war noch nicht so lange her, selber mit Schmerzen am eignen Leben erfahren. Nun hoffte sie, dem Kleinen ohne unnötiges Wehetun über die Sache hinüberzuhelfen.

Das nächste Wiedersehen geschah erst am Sonntag bei der Babett. Dort begrüßte Tine den Gymnasiasten freundlich, nickte ihm von ihrem Platze aus ein- oder zweimal lächend zu, zog ihn mehrmals mit ins Gespräch und schien im übrigen nicht anders mit ihm zu stehen als früher. Für ihn aber war jedes Lächeln von ihr ein unschätzbares Geschenk und jeder Blick eine Flamme, die ihn mit Glanz und Glut umhüllte.

Einige Tage später aber kam Tine endlich dazu, deutlich mit dem Jungen zu reden. Es war nachmittags nach der Schule, und Karl hatte wieder in der Gegend um ihr Haus herum gelauert, was ihr nicht gefiel. Sie nahm ihn durch den kleinen Garten in einen Holzspeicher hinter dem Hause mit, wo es nach Sägespänen und trockenem Buchenholz roch. Dort nahm sie ihn vor, untersagte ihm vor allem sein Verfolgen und Auflauern und machte ihm klar, was sich für einen jungen Liebhaber von seiner Art gebühre.

»Du siehst mich jedesmal bei der Babett, und von dort kannst du mich ja allemal begleiten, wenn du magst, aber nur bis dahin wo die andern mitgehen, nicht den ganzen Weg. Allein mit mir gehen darfst du nicht, und wenn du vor den andern nicht Obacht gibst und dich zusammennimmst, dann geht alles schlecht. Die Leute haben ihre Augen überall, und wo sie's rauchen sehen, schreien sie gleich Feurio.«

»Ja, wenn ich doch aber dein Schatz bin«, erinnerte Karl etwas weinerlich. Sie lachte.

»Mein Schatz! Was heißt jetzt das wieder! Sag das einmal der Babett oder deinem Vater daheim, oder deinem Lehrer! Ich hab dich ja ganz gern und will nicht unrecht mit dir sein, aber eh du mein Schatz sein könntest, da müßtest du vorher dein eigener Herr sein und dein eignes Brot essen, und bis dahin ist's doch noch recht lang. Einstweilen bist du einfach ein verliebter Schulbub, und wenn ich's nicht gut mit dir meinte, würd ich gar nimmer mit dir drüber reden. Deswegen brauchst du aber nicht den Kopf zu hängen, das bessert nichts.«

»Was soll ich dann tun? Hast du mich nicht gern?«

»O Kleiner! Davon ist doch nicht die Rede. Nur vernünftig sein sollst du und nicht Sachen verlangen, die man in deinem Alter noch nicht haben kann. Wir wol-

len gute Freunde sein und einmal abwarten, mit der Zeit kommt schon alles, wie es soll.«
»Meinst du? Aber du, etwas hab ich doch sagen wollen –«
»Und was?«
»Ja, sieh – nämlich – –«
»Red doch!«
»– ob du mir nicht auch einmal einen Kuß geben willst.«
Sie betrachtete sein rotgewordenes, unsicher fragendes Gesicht und seinen knabenhaften, hübschen Mund, und einen Augenblick schien es ihr nahezu erlaubt, ihm den Willen zu tun. Dann schalt sie sich aber sogleich und schüttelte streng den blonden Kopf.
»Einen Kuß? Für was denn?«
»Nur so. Du mußt nicht bös sein.«
»Ich bin nicht bös. Aber du mußt auch nicht keck werden. Später einmal reden wir wieder davon. Kaum kennst du mich und willst gleich küssen! Mit so Sachen soll man kein Spiel treiben. Also sei jetzt brav, am Sonntag sehe ich dich wieder, und dann könntest du auch einmal deine Geige bringen, nicht?«
»Ja, gern.«
Sie ließ ihn gehen und sah ihm nach, wie er nachdenklich und ein wenig unlustig davonschritt. Und sie fand, er sei doch ein ordentlicher Kerl, dem sie nicht zu weh tun dürfe.

Wenn Tines Ermahnungen auch eine bittere Pille für Karl gewesen waren, er folgte doch und befand sich nicht schlecht dabei. Zwar hatte er vom Liebeswesen einigermaßen andre Vorstellungen gehabt und war an-

fangs ziemlich enttäuscht, aber bald entdeckte er die alte Wahrheit, daß Geben seliger als Nehmen ist und daß Lieben schöner ist und seliger macht als Geliebtwerden. Daß er seine Liebe nicht verbergen und sich ihrer nicht schämen mußte, sondern sie anerkannt, wenn auch zunächst nicht belohnt sah, das gab ihm ein Gefühl der Lust und Freiheit und hob ihn aus dem engen Kreis seiner bisherigen unbedeutenden Existenz in die höhere Welt der großen Gefühle und Ideale.
Bei den Zusammenkünften der Mägde spielte er jetzt jedesmal ein paar Stücklein auf der Geige vor.
»Das ist bloß für dich, Tine«, sagte er nachher, »weil ich dir sonst nichts geben und zulieb tun kann.«

Der Frühling rückte näher und war plötzlich da, mit gelben Sternblumen auf zartgrünen Matten, mit dem tiefen Föhnblau ferner Waldgebirge, mit feinen Schleiern jungen Laubes im Gezweige und wiederkehrenden Zugvögeln. Die Hausfrauen stellten ihre Stockscherben mit Hyazinthen und Geranien auf die grünbemalten Blumenbretter vor den Fenstern. Die Männer verdauten mittags unterm Haustor in Hemdärmeln und konnten abends im Freien Kegel schieben. Die jungen Leute kamen in Unruhe, wurden schwärmerischer und verliebten sich.
An einem Sonntag, der mildblau und lächelnd über dem schon grünen Flußtal aufgegangen war, ging die Tine mit einer Freundin spazieren. Sie wollten eine Stunde weit nach der Emanuelsburg laufen, einer Ruine im Wald. Als sie aber schon gleich vor der Stadt an einem fröhlichen Wirtsgarten vorüberkamen, wo eine Musik erschallte und auf einem runden Rasen-

platz ein Schleifer getanzt wurde, gingen sie zwar an der Versuchung vorüber, aber langsam und zögernd, und als die Straße einen Bogen machte, und als sie bei dieser Windung noch einmal das süß anschwellende Wogen der schon ferner tönenden Musik vernahmen, da gingen sie noch langsamer und gingen schließlich gar nicht mehr, sondern lehnten am Wiesengatter des Straßenrandes und lauschten hinüber, und als sie nach einer Weile wieder Kraft zum Gehen hatten, war doch die lustig-sehnsüchtige Musik stärker als sie und zog sie rückwärts.

»Die alte Emanuelsburg läuft uns nicht davon«, sagte die Freundin, und damit trösteten sich beide und traten errötend und mit gesenkten Blicken in den Garten, wo man durch ein Netzwerk von Zweigen und braunen, harzigen Kastanienknospen den Himmel noch blauer lachen sah. Es war ein herrlicher Nachmittag, und als Tine gegen Abend in die Stadt zurückkehrte, tat sie es nicht allein, sondern wurde höflich von einem kräftigen, hübschen Mann begleitet.

Und diesmal war die hübsche Tine an den Rechten gekommen. Er war ein Zimmermannsgesell, der mit dem Meisterwerden und einer Heirat nicht mehr allzu lange zu warten brauchte. Er sprach andeutungsweise und stockend von seiner Liebe und deutlich und fließend von seinen Verhältnissen und Aussichten. Es zeigte sich, daß er unbekannterweise die Tine schon einigemal gesehen und begehrenswert gefunden hatte und daß es ihm nicht nur um ein vorübergehendes Liebesvergnügen zu tun war. Eine Woche lang sah sie ihn täglich und gewann ihn täglich lieber, zugleich besprachen sie alles Nötige, und dann waren sie einig

und galten voreinander und vor ihren Bekannten als verlobt.
Auf die erste traumartige Erregung folgte bei Tine ein stilles, fast feierliches Fröhlichsein, über welchem sie eine Weile alles vergaß, auch den armen Schüler Karl Bauer, der in dieser ganzen Zeit vergeblich auf sie wartete.

Als ihr der vernachlässigte Junge wieder ins Gedächtnis kam, tat er ihr so leid, daß sie im ersten Augenblick daran dachte, ihm die Neuigkeit noch eine Zeitlang vorzuenthalten. Dann wieder schien ihr dies doch nicht gut und erlaubt zu sein, und je mehr sie es bedachte, desto schwieriger kam die Sache ihr vor. Sie bangte davor, sogleich ganz offen mit dem Ahnungslosen zu reden, und wußte doch, daß das der einzige Weg zum Guten war; und jetzt sah sie erst ein, wie gefährlich ihr wohlgemeintes Spiel mit dem Knaben gewesen war. Jedenfalls mußte etwas geschehen, ehe der Junge durch andre von ihrem neuen Verhältnis erfuhr. Sie wollte nicht, daß er schlecht von ihr denke. Sie fühlte, ohne es deutlich zu wissen, daß sie dem Jüngling einen Vorgeschmack und eine Ahnung der Liebe gegeben hatte und daß die Erkenntnis des Betrogenseins ihn schädigen und ihm das Erlebte vergiften würde. Sie hatte nie gedacht, daß diese Knabengeschichte ihr so zu schaffen machen könnte.
Am Ende ging sie in ihrer Ratlosigkeit zur Babett, welche freilich in Liebesangelegenheiten nicht die berufenste Richterin sein mochte. Aber sie wußte, daß die Babett ihren Lateinschüler gern hatte und sich um sein Ergehen sorgte, und so wollte sie lieber einen Tadel

von ihr ertragen, als den jungen Verliebten unbehütet alleingelassen wissen.
Der Tadel blieb nicht aus. Die Babett, nachdem sie die ganze Erzählung des Mädchens aufmerksam und schweigend angehört hatte, stampfte zornig auf den Boden und fuhr die Bekennerin mit rechtschaffener Entrüstung an.
»Mach keine schönen Worte!« rief sie ihr heftig zu. »Du hast ihn einfach an der Nase herumgeführt und deinen gottlosen Spaß mit ihm gehabt, mit dem Bauer, und nichts weiter.«
»Das Schimpfen hilft nicht viel, Babett. Weißt du, wenn mir's bloß ums Amüsieren gewesen wär, dann wär ich jetzt nicht zu dir gelaufen und hätte dir's eingestanden. Es ist mir nicht so leicht gewesen.«
»So? Und jetzt, was stellst du dir vor? Wer soll jetzt die Suppe ausfressen, he? Ich vielleicht? Und es bleibt ja doch alles an dem Bub hangen, an dem armen.«
»Ja, der tut mir leid genug. Aber hör mir zu. Ich meine, ich rede jetzt mit ihm und sag ihm alles selber, ich will mich nicht schonen. Nur hab ich wollen, daß du davon weißt, damit du nachher kannst ein Aug auf ihn haben, falls es ihn zu arg plagt. – Wenn du also willst –?«
»Kann ich denn anders? Kind, dummes, vielleicht lernst du was dabei. Die Eitelkeit und das Herrgottspielenwollen betreffend, meine ich. Es könnte nicht schaden.«
Diese Unterredung hatte das Ergebnis, daß die alte Magd noch am selben Tag eine Zusammenkunft der beiden im Hofe veranstaltete, ohne daß Karl ihre Mitwisserschaft erriet. Es ging gegen den Abend, und das

Stückchen Himmel über dem kleinen Hofraum glühte mit schwachem Goldfeuer. In der Torecke aber war es dunkel, und niemand konnte die zwei jungen Leute dort sehen.

»Ja, ich muß dir was sagen, Karl«, fing das Mädchen an. »Heut müssen wir einander adieu sagen. Es hat halt alles einmal sein Ende.«

»Aber was denn – – warum –?«

»Weil ich jetzt einen Bräutigam hab –«

»Einen – – –«

»Sei ruhig, gelt, und hör mich zuerst. Siehst, du hast mich ja gern gehabt, und ich hab dich nicht wollen so ohne Hüst und ohne Hott fortschicken. Ich hab dir ja auch gleich gesagt, weißt du, daß du dich deswegen nicht als meinen Schatz ansehen darfst, nicht wahr?«

Karl schwieg.

»Nicht wahr?«

»Ja, also.«

»Und jetzt müssen wir ein Ende machen, und du mußt es auch nicht schwernehmen, es lauft auf der Gasse voll mit Mädchen, und ich bin nicht die einzige und auch nicht die rechte für dich, wo du doch studierst und später ein Herr wirst und vielleicht ein Doktor.«

»Nein, du, Tine, sag das nicht!«

»Es ist halt doch so und nicht anders. Und das will ich dir auch noch sagen, daß das niemals das Richtige ist, wenn man sich zum erstenmal verliebt. So jung weiß man ja noch gar nicht, was man will. Es wird nie etwas draus, und später sieht man dann alles anders an und sieht ein, daß es nicht das Rechte war.«

Karl wollte etwas antworten, er hatte viel dagegen zu sagen, aber vor Leid brachte er kein Wort heraus.
»Hast du was sagen wollen?« fragte die Tine.
»O du, du weißt ja gar nicht – –«
»Was, Karl?«
»Ach, nichts. O Tine, was soll ich denn anfangen?«
»Nichts anfangen, bloß ruhig bleiben. Das dauert nicht lang, und nachher bist du froh, daß es so gekommen ist.«
»Du redest, ja, du redest –«
»Ich red nur, was in der Ordnung ist, und du wirst sehen, daß ich ganz recht hab, wenn du auch jetzt nicht dran glauben willst. Es tut mir ja leid, du, es tut mir wirklich so leid.«
»Tut's dir? – Tine, ich will ja nichts sagen, du sollst ja ganz recht haben – – aber daß das alles so auf einmal aufhören soll, alles –«
Er kam nicht weiter, und sie legte ihm die Hand auf die zuckende Schulter und wartete still, bis sein Weinen nachließ.
»Hör mich«, sagte sie dann entschlossen. »Du mußt mir jetzt versprechen, daß du brav und gescheit sein willst.«
»Ich will nicht gescheit sein! Tot möcht ich sein, lieber tot, als so – –«
»Du, Karl, tu nicht so wüst! Schau, du hast früher einmal einen Kuß von mir haben wollen – weißt noch?«
»Ich weiß.«
»Also. Jetzt, wenn du brav sein willst – sieh, ich mag doch nicht, daß du nachher übel von mir denkst; ich

möcht so gern im guten von dir Abschied nehmen. Wenn du brav sein willst, dann will ich dir den Kuß heut geben. Willst du?«

Er nickte nur und sah sie ratlos an. Und sie trat dicht zu ihm hin und gab ihm den Kuß, und der war still und ohne Gier, rein gegeben und genommen. Zugleich nahm sie seine Hand und drückte sie leise, dann ging sie schnell durchs Tor in den Hausgang und davon.

Karl Bauer hörte ihre Schritte im Gang schallen und verklingen; er hörte, wie sie das Haus verließ und über die Vortreppe auf die Straße ging. Er hörte es, aber er dachte an andre Dinge.

Er dachte an eine winterliche Abendstunde, in der ihm auf der Gasse eine junge blonde Magd eine Ohrfeige gegeben hatte, und dachte an einen Vorfrühlingsabend, da im Schatten einer Hofeinfahrt ihm eine Mädchenhand das Haar gestreichelt hatte, und die Welt war verzaubert, und die Straßen der Stadt waren fremde, selig schöne Räume gewesen. Melodien fielen ihm ein, die er früher gegeigt hatte, und jener Hochzeitsabend in der Vorstadt mit Bier und Kuchen. Bier und Kuchen, kam es ihm vor, war eigentlich eine lächerliche Zusammenstellung, aber er konnte nicht weiter daran denken, denn er hatte ja seinen Schatz verloren und war betrogen und verlassen worden. Freilich, sie hatte ihm einen Kuß gegeben – einen Kuß . . . O Tine!

Müde setzte er sich auf eine von den vielen leeren Kisten, die im Hof herumstanden. Das kleine Himmelsviereck über ihm wurde rot und wurde silbern, dann erlosch es und blieb lange Zeit tot und dunkel, und nach Stunden, da es mondhell wurde, saß Karl Bauer noch immer auf seiner Kiste, und sein verkürzter Schatten lag schwarz und mißgestaltet vor ihm auf dem unebenen Steinpflaster.

Es waren nur flüchtige und vereinzelte Blicke eines Zaungastes gewesen, die der junge Bauer ins Land der Liebe getan hatte, aber sie waren hinreichend gewesen, ihm das Leben ohne den Trost der Frauenliebe traurig und wertlos erscheinen zu lassen. So lebte er jetzt leere, schwermütige Tage und verhielt sich gegen die Ereignisse und Pflichten des alltäglichen Lebens teilnahmlos wie einer, der nicht mehr dazu gehört. Sein Griechischlehrer verschwendete nutzlose Ermahnungen an den unaufmerksamen Träumer; auch die guten Bissen der getreuen Babett schlugen ihm nicht an, und ihr wohlgemeinter Zuspruch glitt ohne Wirkung an ihm ab.

Es war eine sehr scharfe, außerordentliche Vermahnung vom Rektor und eine schmähliche Arreststrafe nötig, um den Entgleisten wieder auf die Bahn der Arbeit und Vernunft zu zwingen. Er sah ein, daß es töricht und ärgerlich wäre, gerade vor dem letzten Schuljahr noch sitzenzubleiben, und begann in die immer länger werdenden Frühsommerabende hinein zu studieren, daß ihm der Kopf rauchte. Das war der Anfang zur Genesung.

Manchmal suchte er noch die Salzgasse auf, in der Tine gewohnt hatte, und begriff nicht, warum er ihr kein einziges Mal mehr begegnete. Das hatte jedoch seinen guten Grund. Das Mädchen war schon bald nach seinem letzten Gespräch mit Karl abgereist, um in der

Heimat seine Aussteuer fertigzumachen. Er glaubte, sie sei noch da und weiche ihm aus, und nach ihr fragen mochte er niemand, auch die Babett nicht. Nach solchen Fehlgängen kam er, je nachdem, ingrimmig oder traurig heim, stürmte wild auf der Geige oder starrte lang durchs kleine Fenster auf die vielen Dächer hinaus.

Immerhin ging es vorwärts mit ihm, und daran hatte auch die Babett ihren Teil. Wenn sie merkte, daß er einen übeln Tag hatte, dann kam sie nicht selten am Abend heraufgestiegen und klopfte an seine Türe. Und dann saß sie, obwohl sie ihn nicht wissen lassen wollte, daß sie den Grund seines Leides kenne, lange bei ihm und brachte ihm Trost. Sie redete nicht von der Tine, aber sie erzählte ihm kleine drollige Anekdoten, brachte ihm eine halbe Flasche Most oder Wein mit, bat ihn um ein Lied auf der Geige oder um das Vorlesen einer Geschichte. So verging der Abend friedlich, und wenn es spät war und die Babett wieder ging, war Karl stiller geworden und konnte ohne böse Träume schlafen. Und das alte Mädchen bedankte sich noch jedesmal, wenn sie adieu sagte, für den schönen Abend.

Langsam gewann der Liebeskranke seine frühere Art und seinen Frohmut wieder, ohne zu wissen, daß die Tine sich bei der Babett öfters in Briefen nach ihm erkundigte. Er war ein wenig männlicher und reifer geworden, hatte das in der Schule Versäumte wieder eingebracht und führte nun so ziemlich dasselbe Leben wie vor einem Jahre, nur die Eidechsensammlung und das Vögelhalten fing er nicht wieder an. Aus den Gesprächen der Oberprimaner, die im Abgangsexamen standen, drangen verlockend klingende Worte über akademische Herrlichkeiten ihm ins Ohr, er fühlte sich diesem Paradiese wohlig nähergerückt und begann sich nun auf die Sommerferien ungeduldig zu freuen. Jetzt erst erfuhr er auch durch die Babett, daß Tine schon lange die Stadt verlassen habe, und wenn auch die Wunde noch zuckte und leise brannte, so war sie doch schon geheilt und dem Vernarben nahe.

Auch wenn weiter nichts geschehen wäre, hätte Karl die Geschichte seiner ersten Liebe in gutem und dankbarem Andenken behalten und gewiß nie vergessen. Es kam aber noch ein kurzes Nachspiel dazu, das er noch weniger vergessen hat.

Acht Tage vor den Sommerferien hatte die Freude auf die Ferien in seiner noch biegsamen Seele die nachklingende Liebestrauer übertönt und verdrängt. Er begann schon zu packen und verbrannte alte Schulhefte. Die Aussicht auf Waldspaziergänge, Flußbad und Nachenfahrten, auf Heidelbeeren und Jakobiäpfel und ungebunden fröhliche Bummeltage machte ihn so froh, wie er lange nicht mehr gewesen war. Glücklich lief er durch die heißen Straßen, und an Tine hatte er schon seit mehreren Tagen gar nimmer gedacht.

Um so heftiger schreckte er zusammen, als er eines Nachmittags auf dem Heimweg von der Turnstunde in der Salzgasse unvermutet mit Tine zusammentraf. Er blieb stehen, gab ihr verlegen die Hand und sagte beklommen grüß Gott. Aber trotz seiner eigenen Verwirrung bemerkte er bald, daß sie traurig und verstört aussah.

»Wie geht's, Tine?« fragte er schüchtern und wußte nicht, ob er zu ihr »du« oder »Sie« sagen solle.

»Nicht gut«, sagte sie. »Kommst du ein Stück weit mit?«

Er kehrte um und schritt langsam neben ihr die Straße zurück, während er daran denken mußte, wie sie sich früher dagegen gesträubt hatte, mit ihm gesehen zu werden. Freilich, sie ist ja jetzt verlobt, dachte er, und um nur etwas zu sagen, tat er eine Frage nach dem Befinden ihres Bräutigams. Da zuckte Tine so jämmerlich zusammen, daß es auch ihm weh tat.

»Weißt du also noch nichts?« sagte sie leise. »Er liegt im Spital, und man weiß nicht, ob er mit dem Leben davonkommt. – Was ihm fehlt? Von einem Neubau ist er abgestürzt und ist seit gestern nicht zu sich gekommen.«

Schweigend gingen sie weiter. Karl besann sich vergebens auf irgendein gutes Wort der Teilnahme; ihm war es wie ein beängstigender Traum, daß er jetzt so neben ihr durch die Straßen ging und Mitleid mit ihr haben mußte.

»Wo gehst du jetzt hin?« fragte er schließlich, da er das Schweigen nimmer ertrug.

»Wieder zu ihm. Sie haben mich mittags fortgeschickt, weil mir's nicht gut war.«

Er begleitete sie bis an das große stille Krankenhaus, das zwischen hohen Bäumen und umzäunten Anlagen stand, und ging auch leise schaudernd mit hinein über die breite Treppe und durch die sauberen Flure, deren mit Medizingerüchen erfüllte Luft ihn scheu machte und bedrückte.

Dann trat Tine allein in eine numerierte Türe. Er wartete still auf dem Gang; es war sein erster Aufenthalt in einem solchen Hause, und die Vorstellung der vielen

Schrecken und Leiden, die hinter allen diesen lichtgrau gestrichenen Türen verborgen waren, nahm sein Gemüt mit Grauen gefangen. Er wagte sich kaum zu rühren, bis Tine wieder herauskam.

»Es ist ein wenig besser, sagen sie, und vielleicht wacht er heut noch auf. Also adieu, Karl, ich bleib jetzt drinnen, und danke auch schön.«

Leise ging sie wieder hinein und schloß die Türe, auf der Karl zum hundertstenmal gedankenlos die Ziffer siebzehn las. Seltsam erregt verließ er das unheimliche Haus. Die vorige Fröhlichkeit war ganz in ihm erloschen, aber was er jetzt empfand, war auch nicht mehr das einstige Liebesweh, es war eingeschlossen und umhüllt von einem viel weiteren, größeren Fühlen und Erleben. Er sah sein Entsagungsleid klein und lächerlich werden neben dem Unglück, dessen Anblick ihn überrascht hatte. Er sah auch plötzlich ein, daß sein kleines Schicksal nichts Besonderes und keine grausame Ausnahme sei, sondern daß auch über denen, die er für Glückliche angesehen hatte, unentrinnbar das Schicksal walte.

Aber er sollte noch mehr und noch Besseres und Wichtigeres lernen. In den folgenden Tagen, da er Tine häufig im Spital aufsuchte, und dann, als der Kranke so weit war, daß Karl ihn zuweilen sehen durfte, da erlebte er nochmals etwas ganz Neues.

Da lernte er sehen, daß auch das unerbittliche Schicksal noch nicht das Höchste und Endgültige ist, sondern daß schwache, angstvolle, gebeugte Menschenseelen es überwinden und zwingen können. Noch wußte man nicht, ob dem Verunglückten mehr als das hilflos elende Weiterleben eines Siechen und Gelähm-

ten zu retten sein werde. Aber über diese angstvolle Sorge hinweg sah Karl Bauer die beiden Armen sich des Reichtums ihrer Liebe erfreuen, er sah das ermüdete, von Sorgen verzehrte Mädchen aufrecht bleiben und Licht und Freude um sich verbreiten und sah das blasse Gesicht des gebrochenen Mannes trotz der Schmerzen von einem frohen Glanz zärtlicher Dankbarkeit verklärt.
Und er blieb, als schon die Ferien begonnen hatten, noch mehrere Tage da, bis die Tine selber ihn zum Abreisen nötigte.
Im Gang vor den Krankenzimmern nahm er von ihr Abschied, anders und schöner als damals im Hof des Kustererschen Ladens. Er nahm nur ihre Hand und dankte ihr ohne Worte, und sie nickte ihm unter Tränen zu. Er wünschte ihr Gutes und hatte selber in sich keinen besseren Wunsch, als daß auch er einmal auf die heilige Art lieben und Liebe empfangen möchte wie das arme Mädchen und ihr Verlobter.

# EINE FUSSREISE IM HERBST

## Seeüberfahrt

Ein sehr kühler Abend, feucht, ungastlich und früh dunkelnd. Auf einem steilen Sträßlein, zum Teil lehmiger Hohlweg, war ich vom Berge herabgestiegen und stand am Seeufer allein und fröstelnd. Nebel rauchte jenseits von den Hügeln, der Regen hatte sich erschöpft, und es fielen nur noch einzelne Tropfen, kraftlos und vom Winde vertrieben.

Am Strande lag ein flaches Boot halb auf den Kies gezogen. Es war gut imstande, sauber gemalt, kein Wasser am Boden, und die Ruder schienen ganz neu zu sein. Daneben stand eine Wartehütte aus Tannenbrettern, unverschlossen und leer. Am Türpfosten hing ein altes messingenes Horn, mit einer dünnen Kette befestigt. Ich blies hinein. Ein zäher, unwilliger Ton kam heraus und flog träge dahin. Ich blies noch einmal, länger und stärker. Dann setzte ich mich ins Boot und wartete, ob jemand käme.

Der See war nur leicht bewegt. Ganz kleine Wellen schlugen mit schwächlichem Klatschen an die dünnen Bootswände. Mich fror ein wenig, und ich wickelte mich fest in meinen weiten, regenfeuchten Mantel, steckte die Hände unter die Achseln und betrachtete die Seefläche.

Eine kleine Insel, dem Anscheine nach nur ein stattlicher Felsen, ragte in der Seemitte schwärzlich aus dem bleifarbenen Wasser. Ich würde, wenn sie mein wäre, einen Turm darauf bauen lassen, mit wenigen Zimmern und quadratischem Grundriß. Ein Schlafzimmer, ein Wohnzimmer, ein Eßzimmer und eine Bibliothek.

Dann würde ich einen Wärter hineinsetzen, der müßte alles in Ordnung halten und jede Nacht im obersten Zimmer Licht brennen. Ich aber würde weiterreisen und wüßte nun zu jeder Zeit eine Zuflucht und Ruhestätte auf mich warten. In fernen Städten würde ich jungen Frauen von meinem Turm im See erzählen.

»Ist auch ein Garten dabei?« würde vielleicht eine fragen. Und ich: »Ich weiß nicht mehr, ich war so lange nimmer dort. Wollen Sie, daß wir hinreisen?«

Sie würde lachen, und der Blick ihrer hellbraunen Augen würde sich plötzlich verändern. Möglich auch, daß ihre Augen blau sind oder schwarz, und ihr Gesicht und Nacken bräunlich, und ihr Kleid dunkelrot mit Pelzbesätzen.

Wenn es nur nicht so kühl gewesen wäre! Eine Verdrießlichkeit wuchs in mir herauf.

Was geht mich die schwarze Felseninsel an? Sie ist lächerlich klein, wenig besser als ein Vogeldreck, und man könnte auf ihr überhaupt nicht bauen. Wozu auch, bitte? Und was liegt daran, ob eine junge Frau, die ich mir erdenke und der ich möglicherweise, falls sie wirklich existierte, mein Turmschloß zeigen würde, falls ich eines hätte – ob diese junge Frau blond ist oder braun und ob ihr Kleid einen Pelzbesatz hat oder Spitzen oder gewöhnliche Litzen? Wären mir Litzen etwa nicht gut genug?

Gott bewahre, ich gab den Pelzbesatz, den Turm und

die Insel preis, rein um des Friedens willen. Meine Verdrießlichkeit kassierte die Bilder mürrisch, schwieg und nahm zu statt ab.

»Bitte«, fragte sie nach einer Weile wieder, »wozu sitzest du eigentlich hier, an einem weltfremden Ort, in der Nässe am Strand und frierst?«

Da knirschte der Kies, und eine tiefe Stimme rief mich an. Es war der Fährmann.

»Lang gewartet?« fragte er, während ich ihm das Boot ins Wasser schieben half.

»Gerade lang genug, scheint mir. Jetzt also los!«

Wir hängten zwei Paar Ruder ein, stießen ab, drehten und probierten den Takt aus, dann arbeiteten wir schweigend mit starken Schlägen. Mit dem Erwärmen der Glieder und mit der flotten, taktfesten Bewegung kam ein anderer Geist in mir auf und machte dem fröstelnd trägen Unmut ein rasches Ende.

Der Schiffsmann war graubärtig, groß und mager. Ich kannte ihn, er hatte mich vor Jahren mehrmals gerudert; doch erkannte er mich nicht wieder.

Wir hatten eine halbe Stunde zu rudern, und während wir unterwegs waren, ward es vollends Nacht. Mein linkes Ruder rieb in seiner Öse bei jedem Zuge mit rostig knarrendem Ton, unter dem Vorderteil des Bootes schlug das schwache Gewoge unregelmäßig mit hohlem Geräusch an den Schiffsboden. Ich hatte zuerst den Mantel, dann auch noch die Jacke ausgezogen und neben mich gelegt, und als wir uns dem jenseitigen Ufer näherten, war ich in einen leichten Schweiß geraten.

Jetzt spielten vom Strande her Lichter auf dem dunkeln Wasser, zuckten springend in gebrochenen Linien und blendeten mehr, als sie leuchteten. Wir stießen ans Land, der Fährmann warf seine Bootskette um einen dicken Pfahl. Aus dem schwarzen Torbogen trat der Zöllner mit einer Laterne. Ich gab dem Schiffsmann seinen kleinen Lohn, ließ den Zöllner an meinem Mantel schnuppern und zog mir die Hemdärmel unter der Jacke zurecht.

Im Augenblick, da ich wegging, fiel mir der vergessene Name des Schiffers wieder ein. »Gut Nacht, Hans Leutwin«, rief ich ihm zu und ging davon, während er, die Hand vorm Auge, mir erstaunt und brummend nachglotzte.

## Im Goldenen Löwen

In dem alten Städtlein, das ich nun vom Seegestade her durch einen hohen Torbogen betrat, begann erst eigentlich meine Lustreise. In diesen Gegenden hatte ich vorzeiten eine Weile gelebt und mancherlei Sanftes und Herbes erfahren, wovon ich jetzt da oder dort noch einen Nachklang anzutreffen hoffte.

Ein Gang durch nächtige Straßen, von erleuchteten Fenstern her spärlich bestrahlt, an alten Giebelformen und Vortreppen und Erkern vorüber. In der schmalen, krummen Maiengasse hielt mich vor einem altmodischen Herrenhause ein Oleanderbaum mit ungestümer Mahnung fest. Ein Feierabendbänklein vor einem andern Hause, ein Wirtsschild, ein Laternenpfahl taten dasselbe, und ich war erstaunt, wieviel längst Vergessenes in mir doch nicht vergessen war. Zehn Jahre hatte ich das Nest nimmer gesehen, und nun wußte ich plötzlich alle Geschichten jener merkwürdigen Jünglingszeit wieder.

Da kam ich auch am Schloß vorbei, das stand mit schwarzen Türmen und wenigen roten Fenstervierecken kühn und verschlossen in der regnerischen Herbstnacht. Damals als junger Kerl ging ich abends selten dran vorüber, ohne daß ich mir im obersten Turmzimmer eine Grafentochter einsam weinend dachte und mich mit Mantel und Strickleiter über halsbrechenden Mauern, bis an ihr Fenster empor.

»Mein Retter«, stammelte sie freudig erschrocken.

»Vielmehr Ihr Diener«, antwortete ich mit einer Verbeugung. Dann trug ich sie sorgsam die ängstlich schaukelnde Leiter hinab – ein Schrei, der Strick war gerissen – ich lag mit gebrochenem Bein im Graben, und neben mir rang die Schöne ihre schlanken Hände.

»O Gott, was nun? Wie soll ich Ihnen helfen?«

»Retten Sie sich, Gnädigste, ein treuer Knecht wartet Ihrer bei der hintern Pforte.«

»Aber Sie?«

»Eine Kleinigkeit, seien Sie unbesorgt! Ich bedaure nur, Sie für heute nicht weiter begleiten zu können.«

Es hatte seither, wie ich aus der Zeitung wußte, im Schloß gebrannt; doch sah man, wenigstens jetzt bei Nacht, keine Spuren davon, es war alles wie früher. Ich betrachtete mir den Umriß des alten Gebäudes eine kleine Weile, dann bog ich in die nächste Gasse ein.

Und da hing auch noch derselbe groteske Blechlöwe

im Schild des ehrwürdigen Wirtshauses. Hier beschloß ich einzukehren und um Nachtlager zu fragen.
Ein gewaltiger Lärm schlug mir aus dem weiten Portal entgegen, Musik, Geschrei, Hin und Wider der Dienerschaft, Gelächter und Pokulieren, und im Hofe standen abgeschirrte Wagen, an denen Kränze und Girlanden aus Tannenreis und Papierblumen hingen. Beim Eintreten fand ich den Saal, die Wirtsstube und sogar noch das Nebenzimmer von einer fröhlichen Hochzeitsgesellschaft besetzt. An ein ruhiges Abendessen, eine beschaulich erinnerungsselige Dämmerstunde beim einsamen Schoppen und ein frühes, friedliches Schlafengehen war da nicht zu denken.
Indem ich die Saaltüre öffnete, drang ein ausgesperrter kleiner Hund zwischen meinen Beinen durch in den Raum, ein schwarzer Spitzerhund, und stürzte mit wütendem Freudengebell unter den Tischen hindurch seinem Herrn entgegen, den er sogleich erblickt hatte, denn er stand gerade aufrecht an der Tafel und hielt eine Rede.
»– und also, meine verehrten Herrschaften«, rief er mit rotem Gesicht und überlaut, da fuhr wie ein Sturm der Hund an ihm hinauf, kläffte freudig und unterbrach die Rede. Gelächter und Scheltworte erklangen durcheinander, der Redner mußte seinen Hund hinausbringen, die verehrten Herrschaften grinsten schadenfroh und tranken einander zu. Ich drückte mich beiseite, und als der Herr des Spitzerhundes wieder an seinem Platz und wieder in seiner Rede war, hatte ich das Nebenzimmer erreicht, legte Hut und Mantel weg und setzte mich ans Ende eines Tisches.
An vortrefflichen Speisen fehlte es heute nicht. Und

schon während ich am Hammelbraten arbeitete, erfuhr ich von meinem Tischnachbarn das Nötigste über die Hochzeit. Das Paar war mir nicht bekannt, wohl aber eine große Zahl der Gäste – Gesichter, die mir vor Jahren vertraut gewesen waren und die mich nun, viele schon im halben Rausch, beim Schein der Lampen umgaben, mehr oder minder verändert und gealtert. Einen feinen Bubenkopf mit ernsten Augen, mager und zart geschnitten, sah ich wieder – erwachsen, lachend, schnurrbärtig, eine Zigarre im Mund, und ehemalige junge Burschen, denen das Leben um einen Kuß und die Welt um einen Narrenstreich feil gewesen war, staken nun in Backenbärten, hatten die Hausfrau bei sich und regten sich in Philistergesprächen über Bodenpreise und Änderungen des Eisenbahnfahrplans auf.

Alles war verändert und doch noch lächerlich kenntlich, und am wenigsten verändert war erfreulicherweise die Wirtsstube und der gute weiße Landwein. Der floß noch wie je so herb und freudig, blinkte gelblich im fußlosen Glase und weckte in mir das schlummernde Gedächtnis zahlreicher Kneipnächte und Kneipenstreiche. Mich aber kannte niemand wieder, und ich saß im Getümmel und nahm am Gespräche teil als ein zufällig hereinverschlagener Fremder.

Gegen Mitternacht, nachdem auch ich einen Becher oder zwei über den Durst genossen hatte, gab es einen Streit. Um eine Bagatelle, die ich schon am andern Tag vergessen habe, ging es los, hitzige Worte klangen, und drei, vier halbberauschte Männer schrien zornig auf mich ein. Da hatte ich genug und stand auf.

»Danke, meine Herren, an Händeln liegt mir nichts.

Übrigens sollte der Herr da sich nicht so unnötig erhitzen, er hat ja ein Leberleiden.«
»Woher wissen Sie das?« rief er noch barsch, aber verblüfft.
»Ich sehe es Ihnen an, ich bin Arzt. Sie sind fünfundvierzig Jahre alt, nicht wahr?«
»Stimmt.«
»Und haben vor etwa zehn Jahren eine schwere Lungenentzündung durchgemacht?«
»Herrgott, ja. An was sehen Sie denn das?«
»Ja, das sieht man eben, wenn man geübt ist. Also gute Nacht, Ihr Herren!«
Sie grüßten alle ganz höflich, der Leberleidende machte sogar eine Verbeugung. Ich hätte ihm auch noch seinen Vor- und Zunamen und den seiner Frau sagen können, ich kannte ihn so gut und hatte früher manches Feierabendgespräch mit ihm gehabt.
In meiner Schlafkammer wusch ich mir das heiße Gesicht, schaute vom Fenster über die Dächer weg auf den blassen See hinüber und ging dann zu Bett. Eine Zeitlang hörte ich noch dem langsam abnehmenden Festlärmen zu, dann übernahm mich die Müdigkeit, und ich schlief bis zum Morgen.

## Sturm

Am verstürmten Himmel trieben zerfaserte Wolkenbänder, grau und lila, und ein heftiger Wind empfing mich, als ich am nächsten Vormittag nicht zu früh meine Weiterreise antrat. Bald war ich oben auf dem

Hügelkamm und sah das Städtchen, das Schloß, die Kirche und den kleinen Bootshafen eng und spielzeughaft am Gestade unter mir liegen. Schnurrige Geschichten aus der Zeit meines früheren Hierseins fielen mir ein und machten mich lachen. Das konnte ich brauchen, denn je näher ich dem Ziel meiner Wanderung rückte, desto befangener und schwüler wurde mir, ohne daß ich es mir gestehen mochte, das Herz.
Das Gehen in der kühlen sausenden Luft tat mir wohl. Ich hörte dem ungestümen Winde zu und sah im Vorwärtsschreiten auf dem Gratsteig mit aufregender Wonne die Landschaft weiter und gewaltiger werden. Von Nordost her hellte der Himmel auf, dorthinüber war die Aussicht frei und zeigte lange, bläuliche Gebirgszüge in großartiger Ordnung aufgebaut.
Der Wind nahm zu, je höher ich kam. Er sang herbstlich toll, mit Stöhnen und mit Lachen, fabelhafte Leidenschaften andeutend, neben denen unsere nur Kindereien wären. Er schrie mir niegehörte, urweltliche Worte ins Ohr, wie Namen alter Götter. Er strich über den ganzen Himmel hinweg die irrenden Wolkentrümmer zu parallelen Streifen aus, in deren Linie etwas widerwillig Gebändigtes lag und unter welchen die Berge sich zu bücken schienen.
Dem Brausen der Lüfte und dem Anblick der weiten Bergländer wich die leise Befangenheit und Bänglichkeit meiner Seele. Daß ich einem Wiedersehen mit meiner Jugendzeit und einem Kreise noch ungewisser Erregungen entgegenging, war nicht mehr so wichtig und beherrschend, seit Weg und Wetter mir lebendig geworden waren.
Bald nach Mittag stand ich ausruhend auf dem höch-

sten Punkte des Höhenweges, und mein Blick flog suchend und bestürzt über das ungeheuer ausgebreitete Land hinweg. Grüne Berge standen da und weiter entfernt blaue Waldberge und gelbe Felsberge, tausendfach gefaltete Hügelgelände, dahinter das Hochgebirg mit jähen Steinzacken und bleichen Schneepyramiden. Zu Füßen in seiner ganzen Fläche der große See, meerblau mit weißen Wellenschäumen, zwei vereinzelte flüchtige Segel darauf, geduckt hingleitend, an den grün und braunen Ufern lodernd gelbe Weinberge, farbige Wälder, blanke Landstraßen, Bauerndörfer in Obstbäumen, kahlere Fischerdörfer; hell und dunkel getürmte Städte. Über alles weg bräunliche Wolken fegend, dazwischen Stücke eines tief klaren, grünblau und opalfarben durchleuchteten Himmels, Sonnenstrahlen fächerförmig aufs Gewölk gemalt. Alles bewegt, auch die Bergreihen wie hinflutend und die ungleich beleuchteten Alpengipfel jäh, unstet und springend.

Mit dem Sturm- und Wolkentreiben flog auch mein Fühlen und Begehren ungestüm und fiebernd über die Weite, ferne Schneezacken umarmend und flüchtig in hellgrünen Seebuchten rastend. Alte, betörende Wandergefühle liefen wechselnd und farbig wie Wolkenschatten über meine Seele, Empfindung der Trauer über Versäumtes, Kürze des Lebens und Fülle der Welt, Heimatlosigkeit und Heimatsuchen, wechselnd mit einem hinströmenden Gefühl der völligen Loslösung von Raum und Zeit.

Langsam verrannen die Wogen, sangen und schäumten nicht mehr, und mein Herz wurde still und ruhte unbewegt, wie ein Vogel in großen Höhen.

Da sah ich mit Lächeln und wiederkehrender Wärme Straßenkrümmen, Waldkuppen und Kirchtürme der vertrauten Nähe; das Land meiner schönen Jünglingsjahre blickte mich unverändert mit den alten Augen an. Wie ein Soldat auf seiner Landkarte den Feldzug von damals aufsucht und überliest, von Rührung so sehr wie vom Gefühl der Geborgenheit erwärmt, las ich in der herbstfarbenen Landschaft die Geschichte vieler wundervoller Torheiten und die schon fast zur Sage verklärte Geschichte einer gewesenen Liebe.

## Erinnerungen

In einem ruhigen Winkel, wo mir ein breiter Felsen den Sturm abhielt, aß ich mein Mittagsbrot. Schwarzbrot, Wurst und Käse. – Nach ein paar Stunden Bergaufmarsch bei starkem Winde der erste Biß in ein belegtes Brot – das ist eine Lust, fast die einzige, die noch das ganze durchdringend Köstliche, bis zur Sättigung Beglückende der echten Knabenfreuden hat.

Morgen werde ich vielleicht an der Stelle im Buchenwald vorüberkommen, an der ich den ersten Kuß von Julie bekam. Auf einem Ausflug des Bürgervereins Konkordia, in den ich Julies wegen eingetreten war. Am Tag nach jenem Ausflug trat ich wieder aus.

Und übermorgen vielleicht, wenn es glückt, werde ich sie selber wiedersehen. Sie hat einen wohlhabenden Kaufmann namens Henschel geheiratet, und sie soll drei Kinder haben, von denen eins ihr auffallend gleicht und auch Julie heißt. Mehr weiß ich nicht, es ist auch mehr als genug.

Aber ich weiß noch genau, wie ich ihr ein Jahr nach meiner Abreise aus der Fremde schrieb, daß ich keine Aussicht auf Stellung und Geldverdienst habe und daß sie nicht auf mich warten möge. Sie schrieb zurück, ich soll mir und ihr das Herz nicht unnötig schwer machen; sie werde da sein, wenn ich wiederkäme, sei es bald oder spät. Und ein halbes Jahr später schrieb sie doch wieder und bat sich frei, für jenen Herschel, und im Leid und Zorn der ersten Stunde schrieb ich keinen Brief, sondern telegraphierte ihr mit meinem letzten Gelde, vier oder fünf geschäftsmäßige Worte. Die gingen übers Meer und waren nicht zu widerrufen.

Es geht so närrisch im Leben zu! War es Zufall oder Schicksalshohn, oder kam es vom Mut der Verzweiflung – kaum lag das Liebesglück in Scherben, da kam Erfolg und Gewinn und Geld wie hergezaubert, da war das nimmer Erhoffte im Spiel erreicht und war doch wertlos. Das Schicksal hat Mucken, dachte ich, und vertrank mit Kameraden in zwei Tagen und Nächten eine Brusttasche voll Banknoten.

Doch an diese Geschichten dachte ich nicht lange, als ich nach der Mahlzeit mein leeres Wurstpapier dem Winde hinwarf, und, in den Mantel gewickelt, Mittagsrast hielt. Ich dachte lieber an meine damalige Liebe und an Julies Gestalt und Gesicht, das schmale Gesicht mit den noblen Brauen und großen dunkeln Augen. Und dachte lieber an den Tag im Buchenwald, wie sie langsam und widerstrebend mir nachgab und

dann bei meinen Küssen zitterte und dann endlich wiederküßte und ganz leise, wie aus einem Traum hervor, lächelte, während noch Tränen an ihren Wimpern glänzten.
Vergangene Dinge! Das Beste daran war aber nicht das Küssen und nicht das abendliche Zusammenpromenieren und Heimlichtun. Das Beste war die Kraft, die mir aus jener Liebe floß, die fröhliche Kraft, für sie zu leben, zu streiten, durch Feuer und Wasser zu gehen. Sich wegwerfen können für einen Augenblick, Jahre opfern können für das Lächeln einer Frau, das ist Glück. Und das ist mir unverloren.
Pfeifend stand ich auf und ging weiter.
Als die Straße jenseits vom Hügelkamm abwärts sank und ich genötigt war, vom Anblick der Seeweite Abschied zu nehmen, lag eben die Sonne, schon dem Untergehen nah, im Kampf mit trägen, gelben Wolkenmassen, die sie langsam umschleierten und verschlangen. Ich hielt inne und schaute rastend den fabelhaften Vorgängen am Himmel zu.
Hellgelbe Lichtbündel strahlten vom Rande einer schweren Wolkenbank in die Höhe und gegen Osten. Rasch entzündete sich der ganze Himmel gelbrot, glühend purpurne Streifen durchschnitten den Raum, zur gleichen Zeit wurden alle Berge dunkelblau, an den Seeufern brannte das rötlich welke Ried wie Heidefeuer. Dann verschwand alles Gelb, und das rote Licht wurde warm und milde, spielte paradiesisch um traumzarte, hingehauchte Schleierwölkchen und lief in tausend feinen Adern rosenrot durch mattgraue Nebelwände, deren Grau sich langsam mit dem Rot zu einem unsäglich schönen Lilaton vermischte. Der See

wurde tiefblau und nahezu schwarz, die Untiefen in der Nähe der Ufer traten hellgrün mit scharfen Rändern hervor.

Als der fast schmerzlich schöne Farbenkrampf erlosch, dessen Feuer und rapide Flüchtigkeit an großen Horizonten immer etwas hinreißend Kühnes hat, wandte ich mich landeinwärts und blickte erstaunt in eine schon völlig abendklare, gekühlte Tälerlandschaft. Unter einem großen Nußbaum trat ich auf eine bei der Lese vergessene Frucht, hob sie auf und schälte mir die frische lichtbraune feuchte Nuß heraus. Und als ich sie zerbiß und den scharfen Geruch und Geschmack verspürte, überraschte mich unversehens eine Erinnerung. Wie von einem Stück Spiegelglas ein Lichtstrahl reflektiert und in einen dunkeln Raum geworfen wird, so blitzt oft mitten im Gegenwärtigen, durch eine Nichtigkeit entzündet, ein vergessenes, längst gewesenes Stückchen Leben auf, erschreckend und unheimlich.

Das Erlebnis, an das ich in jenem Augenblick nach vielleicht zwölf oder mehr Jahren zum erstenmal wieder dachte, war mir ebenso peinlich wie teuer. Als ich mit etwa fünfzehn Jahren auswärts in einem Gymnasium war, besuchte mich eines Tages im Herbst meine Mutter. Ich hielt mich sehr kühl und stolz, wie es mein Gymnasiastenhochmut forderte, und tat ihr mit hundert Kleinigkeiten weh. Andern Tages reiste sie wieder ab, kam aber vorher noch ans Schulhaus und wartete unsere Morgenpause ab. Als wir lärmend aus den Klassenzimmern hervorbrachen, stand sie bescheiden und lächelnd draußen, und ihre schönen gütigen Augen lachten mir schon von weitem entgegen. Mich aber genierte die Gegenwart meiner Herren Mitschüler, darum ging ich ihr nur langsam entgegen, nickte ihr leichthin zu und trat so auf, daß sie ihre Absicht, mir einen Abschiedskuß und Segen zu geben, aufgeben mußte. Betrübt, aber tapfer lächelte sie mich an, und plötzlich lief sie schnell über die Straße zur Bude eines Fruchthändlers, kaufte ein Pfund Nüsse und gab mir die Tüte in die Hand. Dann ging sie fort, zur Eisenbahn, und ich sah sie mit ihrer kleinen altmodischen Ledertasche um die Straßenecke verschwinden. Kaum war sie mir aus den Augen, so tat mir alles bitter leid, und ich hätte ihr meine trichte Bubenroheit unter Tränen abbitten mögen. Da kam einer meiner Kameraden vorbei, mein Hauptrivale in Angelegenheiten des savoir vivre. »Bonbons von Mamachen?« fragte er boshaft lächelnd. Ich, sofort wieder stolz, bot ihm die Tüte an, und da er nicht annahm, verteilte ich alle Nüsse, ohne eine für mich zu behalten, an die Kleinen von der vierten Klasse.

Zornig biß ich auf meine Nuß, warf die Schalen ins schwärzliche Laub, das den Boden bedeckte, und wanderte auf der bequemen Straße unter einem grünblau und goldig verhauchenden Spähimmel hin zu Tal und bald darauf an herbstgelben Birken und fröhlichen Vogelbeerbüschen vorbei in die bläuliche Dämmerung junger Tannenstände und dann in die tiefen Schatten eines hohen Buchenwaldes hinein.

Zwei Stunden später am Abend hatte ich mich, nach langem, sorglosem Schlendern, in einem Gewimmel schmaler, finsterer Waldwege verlaufen und suchte, je dunkler und kühler es wurde, desto ungeduldiger nach einem Ausgang. Mich geradeaus durch den Laubwald zu schlagen ging nicht an, der Wald war dicht und der Boden stellenweise sumpfig, auch wurde es allmählich stockfinster.
Stolpernd und müde tastete ich in der wunderlichen Aufregung des nächtlichen Verirrtseins weiter. Häufig blieb ich stehen, um zu rufen und dann lang zu lauschen. Es blieb alles still, und die kühle Feierlichkeit und dichte Schwärze des lautlosen Waldinnern umgab mich von allen Seiten, wie Vorhänge von dickem Sammet. So töricht und eitel es war, machte mir doch der Gedanke Freude, daß ich um ein Wiedersehen mit einer fast vergessenen Geliebten in dem fremdgewordenen Lande mich durch Wald und Nacht und Kälte schlage. Ich fing leise meine alten Liebeslieder zu singen an:

Mein Blick erstaunt und muß sich senken,
mein Herz schließt alle Tore zu,
dem Wunder heimlich nachzudenken –
so schön bist du!

Dazu war ich durch Länder gewandert und hatte mir in langen Kämpfen den Leib und die Seele voll Narben geholt, um nun die alten dummen Verse zu singen und den Schatten lang verblaßter Knabentorheiten nachzulaufen! Aber es machte mir nicht wenig Freude, und während ich mühsam den gewundenen Pfad verfolgte, sang ich weiter, dichtete und phantasierte, bis ich müde ward und stille weiterlief. Suchend tastete ich an dicke Buchenstämme, die von Efeuästen umklammert waren und deren Zweige und Wipfel unsichtbar im Finstern schwammen. So ging es noch eine halbe Stunde, und ich begann endlich kleinlaut zu werden. Da erlebte ich etwas unvergeßlich Köstliches.

Urplötzlich war der Wald zu Ende, und ich stand zwischen den letzten Stämmen hoch an einer steilen Bergwand, und unter mir schlief ein weites Waldtal in der Nachtbläue, und mitten darin zu meinen Füßen lag still und heimlich mit sechs, sieben kleinen rotleuchtenden Fenstern ein Dörflein. Die niederen Häuser, von denen ich fast nur die breiten, leise schimmernden Schindeldächer sah, lehnten sich eng aneinander, in einer leichten Biegung, und zwischen ihnen lief schmal und dunkel die schattige Gasse, und an ihrem Ende stand ein großer Dorfbrunnen. Weiter oben, am halben Berge gegenüber, lag allein zwischen vielen dämmernden Kirchhofskreuzen die Kapelle. In ihrer Nähe lief auf einem steilen Hügelwege bergan ein Mann mit einer Laterne. Und drunten im Dörflein, in irgendeinem Hause, sangen ein paar Mädchen mit kräftigen, hellen Stimmen ein Lied.

Ich wußte nicht, wo ich war und wie das Dorf heiße, und ich nahm mir vor, auch nicht danach zu fragen.

Mein bisheriger Weg verlor sich am Waldrande bergaufwärts, so stieg ich behutsam ohne Pfad durch steile Weiden hinab, dem Dorf entgegen. Ich geriet in Gärten und auf schmale Steinstaffeln, fiel über eine Stützmauer und mußte schließlich einen Zaun überklettern und durch den seichten Bach springen, dann aber war ich im Dorfe und trat am ersten Gehöfte vorbei in die krumme, schlafende Gasse. Bald fand ich das Wirtshaus, das hieß ›zum Ochsen‹ und war noch nicht geschlossen.

Das Erdgeschoß war still und dunkel, aus der gepflasterten Flur führte eine alte verschwenderisch gebaute Treppe mit bauchigen Geländersäulen, von einer am Strick aufgehängten Laterne erleuchtet, empor in einen Fliesengang und zur Gästestube. Diese war reichlich groß, und der von einer Hängelampe beschienene Tisch beim Ofen, an dem drei Bauern vor ihren Weingläsern saßen, lag wie eine Lichtinsel im dem halbdunkeln großen Raum.

Der Ofen war geheizt, ein würfelförmiges Gebäude mit dunkelgrünen Kacheln; in den Kacheln spiegelte warm das matte Lampenlicht, unterm Ofen lag ein schwarzer Hund und schlief. Die Wirtin sagte »Grüß Gott«, als ich hereinkam, und einer von den Bauern schaute prüfend her.

»Was ist das für einer?« fragte er zweifelnd.

»Weiß nicht«, sagte die Wirtin.

Ich setzte mich an den Tisch, grüßte und ließ Wein kommen. Es gab nur Heurigen, einen hellroten jungen Most, der schon stark im Reißen war und mir prächtig warm machte. Dann fragte ich nach einem Nachtlager.

»Das ist so eine Sache«, meinte die Frau und zuckte die Achseln. »Wir haben schon ein Zimmer, freilich, aber da ist gerade heut ein Herr drin. Es wäre auch ein zweites Bett in der Stube, aber der Herr schläft schon.

Wenn Sie hinaufgehen und mit ihm reden wollen –?«
»Nicht gern. Und sonst gibt's keinen Platz?«
»Platz schon, aber kein Bett mehr.«
»Und wenn ich mich da zum Ofen lege?«
»Ja, wenn Sie das wollen, freilich. Ich geb Ihnen dann eine Decke, und wir legen ein paar Scheiter nach, so müssen Sie nicht frieren.«
Nun ließ ich mir Eier kochen und eine Wurst geben, und während des Essens fragte ich, wie weit ich noch von meinem Reiseziel sei.
»Sagen Sie, wie lang geht man von hier nach Ilgenberg?«
»Fünf Stunden. Der Herr droben, der die Stube hat, will morgen auch wieder hinüber. Er ist dort daheim.«
»So so. Und was treibt er denn hier?«
»Holz kaufen. Er kommt jedes Jahr.«
Die drei Bauern mischten sich nicht in unser Gespräch. Es waren, dachte ich mir, die Waldbesitzer und Fuhrleute, mit denen der Ilgenberger Händler den Holzkauf abgeschlossen hatte. Mich hielten sie offenbar für einen Geschäftemacher oder Beamten und trauten mir nicht. So ließ ich sie auch in Ruhe.
Kaum hatte ich gegessen und lehnte mich im Sessel zurecht, da fing der Mädchengesang von vorher plötzlich wieder an, ganz laut und nahe. Sie sangen das Lied von der schönen Gärtnersfrau, und beim dritten Vers stand ich auf und ging an die Küchentür und klinkte leise auf. Da saßen zwei junge Dirnen und eine ältere Magd am weißen tannenen Tisch bei einem Kerzenstumpen, hatten einen Berg Bohnen zum Ausschoten vor sich und sangen. Wie die ältere aussah, weiß ich

nicht mehr. Aber von den jungen war die eine rötlichblond, breit und blühend, und die zweite war eine schöne Braune mit ernstem Gesicht. Sie hatte die Zöpfe in einem sogenannten ›Nest‹ rund um den Kopf gewunden und sang selbstvergessen mit einer hellen Kinderstimme vor sich hin, während das sich spiegelnde Kerzenflämmlein in ihren Augen blitzte.

Als sie mich in der Tür stehen sahen, lachte die Alte, die Rötliche schnitt eine Fratze, und die Braune sah mir eine Weile ins Gesicht, dann senkte sie den Kopf, wurde ein wenig rot und sang lauter. Sie fingen gerade einen neuen Vers an, und ich fiel mit ein, so gut ich es vermochte. Dann holte ich meinen Wein herüber, nahm eine dreibeinige Stabelle her und setzte mich singend mit an den Küchentisch. Die Rotblonde schob mir eine Handvoll Bohnen zu, und ich half denn mit aushülsen.

Als alle die vielen Strophen ausgesungen waren, sahen wir einander an und mußten lachen, was der Braunen überaus prächtig zu Gesichte stand. Ich bot ihr mein Glas hin, doch nahm sie es nicht an.

»Sie sind aber eine Stolze«, sagte ich betrübt. »Sind Sie denn etwa von Stuttgart?«

»Nein. Warum von Stuttgart?«

»Weil es heißt:

> Stuegert isch e schöne Stadt,
> Stuegert lit im Tale,
> wo's so schöne Mädle hat,
> aber so brutale.«

»Er ist ein Schwab«, sagte die Alte zur Blonden.
»Ja, er ist einer«, bestätigte ich. »Und Sie sind vom Oberland, wo die Schlehen wachsen.«
»Kann sein«, meinte sie und kicherte.
Ich sah aber immer die Braune an, und ich setzte aus Bohnen den Buchstaben M zusammen und fragte sie, ob sie so heiße. Sie schüttelte den Kopf, und ich machte nun ein A. Da nickte sie, und ich begann nun zu raten.
»Agnes?«
»Nein.«
»Anna?«
»Nichts.«
»Adelheid?«
»Auch nicht.«
Und soviel ich riet, es war alles falsch; sie aber wurde ganz fröhlich darüber und rief schließlich: »O Sie Unvernunft!« Als ich sie dann sehr bat, sie möchte mir jetzt ihren Namen sagen, schämte sie sich eine kleine Zeit, dann sagte sie schnell und leise: »Agathe« und wurde rot dabei, wie wenn sie ein Geheimnis preisgegeben hätte.
»Sind Sie auch ein Holzhändler?« fragte die Blonde.
»Nein, das nicht. Seh ich denn so aus?«
»Oder ein Geometer, nicht?«
»Auch nicht. Warum soll ich Geometer sein?«
»Warum? Darum.«
»Ihr Schatz wird einer sein, gelt?«
»Mir wär's schon recht.«
»Singen wir noch eins, zum Schluß?« fragte die Schöne, und während die letzten Schoten uns durch

die Finger gingen, sangen wir das Lied ›Steh ich in finstrer Mitternacht‹. Als das zu Ende war, standen die Mädchen auf und ich auch.
»Gut Nacht«, sagte ich zu jeder und gab jeder die Hand, und zu der Braunen sagte ich: »Gut Nacht, Agathe.«
In der Wirtsstube brachen jetzt die drei Rauhbeine auf. Sie nahmen keinerlei Notiz von mir, tranken langsam ihre Reste aus und zahlten nichts, waren also jedenfalls für diesen Abend die Gäste des Ilgenbergers gewesen.
»Gute Nacht auch«, sagte ich, als sie gingen, bekam aber keine Antwort und schlug hinter den Dickköpfen die Türe zu. Gleich darauf kam die Wirtin mit Pferdedecken und einem Bettkissen. Wir bauten aus der Ofenbank und drei Stühlen ein leidliches Nachtlager, und zum Troste teilte die Frau mir beim Weggehen mit, das Übernachten solle mich nichts kosten. Das war mir auch recht.
Halb ausgekleidet und mit meinem Mantel zugedeckt lag ich am Ofen, der noch wohlig wärmte und dachte an die braune Agathe. Ein Vers aus einem alten frommen Liede, das ich in Kinderzeiten oft mit meiner Mutter gesungen hatte, fiel mir ein:

Schön sind die Blumen,
schöner sind die Menschen
in der schönen Jugendzeit – – –

So eine war Agathe, schöner als Blumen und doch mit ihnen verwandt. Es gibt überall, in allen Ländern, einzelne solche Schönheiten, doch sind sie nicht allzu häufig, und sooft ich eine sah, hat es mir wohlgetan.

Sie sind wie große Kinder, so scheu wie zutraulich, und haben in ihren ungetrübten Augen den Blick eines schönen Tieres oder einer Waldquelle. Man sieht sie an und hat sie lieb, ohne ihrer zu begehren, und während man sie ansieht, will es einem wehe tun, daß diese feinen Bilder der Jugend und Menschenblüte auch einmal altern und vergehen müssen.
Bald schlief ich ein, und es mag von der Ofenwärme gekommen sein, daß mir träumte, ich liege am Felsgestade einer südlichen Insel, spüre die heiße Sonne auf meinem Rücken brennen und sähe einem braunen Mädchen zu, das allein in einer Barke seewärts ruderte und langsam ferner und kleiner wurde.

## Morgengang

Erst als der Ofen erkaltet war und mir die Füße starr wurden, wachte ich frierend auf, und da war es auch schon Morgen, und nebenzu in der Küche hörte ich jemand den Herd einheizen. Draußen lag, zum erstenmal in diesem Herbst, ein dünner Reif auf den Wiesen. Ich war vom harten Liegen steif und mitgenommen, aber gut ausgeschlafen. In der Küche, wo die alte Magd mich begrüßte, wusch ich mich am Wasserstein und bürstete meine Kleider aus, die gestern bei dem windigen Wetter sehr staubig geworden waren.
Kaum saß ich in der Stube beim heißen Kaffee, da kam der Gast aus der Stadt herein, grüßte höflich und setzte sich zu mir an den Tisch, wo schon für ihn gedeckt

war. Er tat aus einer flachen Reiseflasche ein wenig alten Kirschgeist in seine Tasse und bot auch mir davon an.
»Danke«, sagte ich, »ich trinke keinen Schnaps.«
»Wirklich? Sehen Sie, ich muß es tun, weil ich die Milch sonst nicht vertragen kann, leider. Jeder hat so seinen Bresten.«
»Na, wenn Ihnen sonst nichts fehlt, dürfen Sie nicht klagen.«
»Gewiß, ja. Ich klage auch nicht. Es liegt mir fern –«
Er gehörte zu den Leuten, denen es ein Bedürfnis ist, sich ohne Ursache zu entschuldigen. Im übrigen machte er einen anständigen Eindruck, etwas zu höflich, aber intelligent und offen. Gekleidet war er kleinstädtisch, sehr solid und sauber, aber schwerfällig.
Auch er musterte mich, und da er mich in Kniehosen sah, fragte er, ob ich auf dem Veloziped gekommen sei.
»Nein, zu Fuß.«
»So so. Eine Fußtour, ich verstehe. Ja, der Sport ist eine schöne Sache, wenn man Zeit hat.«
»Sie haben Holz gekauft?«
»Oh, eine Kleinigkeit, nur für den eigenen Bedarf.«
»Ich dachte, Sie wären Holzhändler.«
»Nein, doch nicht. Ich habe ein Tuchgeschäft. Das heißt einen Tuchladen, wissen Sie.«
Wir aßen Butterbrot zum Kaffee, und während er sich Butter nahm, fielen mir seine wohlgebildeten langen und schmalen Hände auf.
Den Weg nach Ilgenberg schätzte er auf sechs Stun-

den. Er hatte seinen Wagen da und lud mich freundlich zum Mitfahren ein, doch nahm ich nicht an. Ich fragte nach Fußwegen und bekam leidliche Auskunft. Dann rief ich die Wirtin und zahlte meine kleine Zeche, steckte Brot in die Tasche, sagte dem Kaufmann Adieu und ging die Treppe hinab und durch die gepflasterte Flur in den kalten Morgen hinaus.

Vor dem Hause stand des Tuchhändlers Gefährt, eine leichte zweisitzige Kutsche, und eben zog ein Knecht den Gaul aus dem Stall, ein kleines fettes Rößlein, das weiß und rötlich wie eine Kuh gefleckt war.

Der Weg führte talaufwärts, eine Strecke den Bach entlang, dann ansteigend gegen die Waldhöhen. Indem ich allein dahinmarschierte, fiel mir ein, daß ich im Grunde alle meine Wege so einsam gemacht habe, und nicht nur die Spaziergänge, sondern alle Schritte meines Lebens. Freunde und Verwandte, gute Bekannte und Liebschaften waren ja immer dabei, aber sie umfaßten mich nie, erfüllten mich nie, rissen mich nie in andere Bahnen, als die ich selber einschlug. Vielleicht ist jedem Menschen, er sei wie er wolle, wie einem geschleuderten Ball seine Wurfbahn vorgezeichnet, und er folgt einer längst bestimmten Linie, während er das Schicksal zu zwingen oder zu hänseln meint. Jedenfalls aber ruht das ›Schicksal‹ in uns und nicht außer uns, und damit bekommt die Oberfläche des Lebens, das sichtbare Geschehen, eine gewisse Unwichtigkeit. Was man gewöhnlich schwer nimmt und gar tragisch nennt, wird dann oft zur Bagatelle. Und dieselben Leute, die vor dem Anschein des Tragischen in die Knie sinken, leiden und gehen unter an Dingen, die sie nie beachtet haben.

Ich dachte: was treibt mich jetzt, mich freien Mann, nach dem Städtlein Ilgenberg, wo Häuser und Menschen mich nichts mehr angehen und wo ich kaum anderes als Enttäuschung und vielleicht Leid zu finden hoffen kann? Und ich sah mir selber verwundert zu, wie ich ging und ging und zwischen Humor und Bangigkeit hin und wider schwankte.

Es war ein schöner Morgen, die herbstliche Erde und Luft vom ersten Winterduft gestreift, dessen herbe Klarheit mit dem Steigen des Tages abnahm. Große Starenzüge strichen in keilförmiger Ordnung mit lautem Schwirren über die Felder. Im Tale zog langsam die Herde eines Wanderschäfers hin, und mit ihrem leichten Staube vermischte sich der dünne blaue Rauch aus des Schäfers Pfeife. Das alles samt den Bergzügen, farbigen Waldrücken und weidenbestandenen Bachläufen stand in der glasklaren Luft frisch wie ein gemaltes Bild, und die Schönheit der Erde redete ihre leise, sehnsüchtige Sprache, unbekümmert wer sie höre.

Das ist mir immer wieder sonderbar, unbegreiflich und hinreißender als alle Fragen und Taten des Tages und Menschengeistes: wie ein Berg sich in den Himmel reckt und wie die Lüfte lautlos in einem Tale ruhen, wie gelbe Birkenblätter vom Zweige gleiten und Vogelzüge durch die Bläue fahren. Da greift einem das ewig Rätselhafte so beschämend und so süß ans Herz, daß man allen Hochmut ablegt, mit dem man sonst über das Unerklärliche redet, und daß man doch nicht erliegt, sondern alles dankbar annimmt und sich bescheiden und stolz als Gast des Weltalls fühlt.

Am Saume des Waldes flog mit lautklatschendem Flügelschlag ein Wildhuhn vor mir aus dem Unterholz. Braune Brombeerblätter an langen Ranken hingen über den Weg herein und auf jedem Blatte lag seidig der durchsichtig dünne Reif, silbrig flimmernd wie die feinen Härchen auf einem Stück Sammet.
Als ich nach längerem Steigen im Walde eine Höhe und eine aussichtsreiche freie Halde erreichte, kannte ich mich bald wieder in der Landschaft aus. Den Namen des Dörfleins, in dem ich genächtigt hatte, wußte ich aber nicht und habe auch nicht nach ihm gefragt.
Mein Weg führte am Rand des Waldes weiter, der hier die Wetterseite hatte, und ich fand meine Kurzweil an den kühnen, bedeutungsvoll grotesken Formen der Stämme, Äste und Wurzeln. Nichts kann die Phantasie stärker und inniger beschäftigen. Zuerst herrschen meistens komische Eindrücke vor: Fratzen, Spottgestalten und Karikaturen bekannter Gesichter werden in Wurzelverschlingungen, Erdspalten, Astgebilden, Laubmassen erkennbar. Dann ist das Auge geschärft und sieht, ohne zu suchen, ganze Heere von wunderlichen Formen. Das Komische verschwindet, denn alle diese Gebilde stehen so entschlossen, keck und unverrückbar da, daß ihre schweigende Schar bald Gesetzmäßigkeit und ernste Notwendigkeit verkündet. Und endlich werden sie unheimlich und anklagend. Es ist nicht anders, der wandelbare und maskentragende Mensch erschrickt, sobald er ernsthaft zusieht, vor den Zügen jedes natürlich Gewachsenen.

# Ilgenberg

Das Dorf, das ich nach zwei Stunden auf Fußwegen erreichte, hieß Schluchtersingen und war mir von einem früheren Besuche her bekannt. Als ich durch die Dorfgasse schritt, sah ich vor einem neugebauten Gasthof einen Wagen stehen und erkannte sofort das Gefährt des Kaufmanns aus Ilgenberg und sein kleines, sonderbar geflecktes Pferd.

Er selber trat gerade aus der Türe, um wieder einzusteigen, als er mich daherkommen sah. Sogleich grüßte er lebhaft und winkte mir zu.

»Ich habe hier noch Geschäfte gehabt, fahre jetzt aber direkt nach Ilgenberg. Wollen Sie nicht mitkommen? Das heißt, wenn Sie nicht lieber zu Fuß gehen.«

Er sah so gutmütig aus, und mein Verlangen nach dem Ziel meiner Reise war allmählich so gespannt, daß ich annahm und einstieg. Er gab dem Hausknecht ein Trinkgeld, nahm die Zügel und fuhr los. Der Wagen lief leicht und bequem auf der guten Straße, und mir tat nach tagelangem Fußgängertum das herrschaftliche Gefühl des Fahrens wohl.

Wohl tat mir auch, daß der Kaufmann keine Versuche machte, mich auszufragen. Ich wäre sonst sogleich wieder ausgestiegen. Er fragte nur, ob ich auf einer Erholungsreise sei und ob ich die Gegend schon kenne.

»Wo steigt man denn jetzt in Ilgenberg am besten ab?« fragte ich. »Früher war der Hirschen gut; der Besitzer hieß Böliger.«

»Der lebt nimmer. Die Wirtschaft hat jetzt ein Fremder, ein Bayer, und sie soll zurückgegangen sein. Doch

will ich das nicht beschwören, ich hab's vom Hörensagen.«
»Und wie ist's mit dem Schwäbischen Hof? Da war seinerzeit einer namens Schuster drauf.«
»Der ist noch da, und das Haus gilt für gut.«
»Dann will ich dort einkehren.«
Mehrmals machte mein Begleiter Miene, sich mir vorzustellen, doch ließ ich es nicht dazu kommen. So fuhren wir durch den lichten, farbigen Tag.
»Es geht so doch ringer als zu Fuß«, meinte der Ilgenberger. »Aber zu Fuß ist es gesünder.«
»Wenn man gute Stiefel hat. Übrigens ist Ihr Gaul ein lustiger Patron, mit seinen Flecken.«
Er seufzte ein wenig und lachte dann.
»Fällt's Ihnen auch auf? Freilich, die Flecken sind gespäßig. In der Stadt haben sie ihn mir ›die Kuh‹ getauft, und man soll die Leute spotten lassen, aber es ärgert mich doch.«
»Gehalten ist das Tier gut.«
»Nicht wahr? Es geht ihm nichts ab. Sehen Sie, ich hab das Rößlein gern. Jetzt spitzt es schon die Ohren, weil wir von ihm reden. Es ist sieben Jahr alt.«
In der letzten Stunde redeten wir wenig mehr. Mein Begleiter schien ermüdet, und mir nahm der Anblick der mit jedem Schritt vertrauter werdenden Gegend alle Gedanken gefangen. Ein bang-köstliches Gefühl, Orte der Jugendzeit wiederzusehen! Erinnerungen blitzen in verwirrender Menge auf, man lebt ganze Entwicklungen in traumhafter Sekundeneile wieder durch, unwiederbringlich Verlorenes blickt uns heimatlich und schmerzlich an.
Eine schwache Erhöhung, über die unser Wagen im

Trabe lief, öffnete den Blick auf die Stadt. Zwei Kirchen, ein Mauerturm, der hohe Rathausgiebel lachten aus dem Gewirre der Häuser, Gassen und Gärten herüber. Daß ich den humoristischen Zwiebelturm einmal mit Rührung und klopfendem Herzen begrüßen würde, hätte ich damals nicht gedacht. Er schielte mich mit seinem heimlichen Kupferglanz behaglich an, als kenne er mich noch und als habe er schon ganz andere Ausreißer und Weltstürmer als bescheidene und stille Leute heimkommen sehen.

Noch sah ich die unvermeidlichen Veränderungen, Neubauten und Vorstadtstraßen nicht, alles sah aus wie vorzeiten, und mich überfiel beim Anblick die Erinnerung wie ein heißer Südsturm. Unter diesen Türmen und Dächern hatte ich die märchenhafte Jugendzeit gelebt, sehnsuchtsvolle Tage und Nächte, wunderbare schwermütige Frühlinge und lange, in der schlecht geheizten Mansarde verträumte Winter. In diesen Gartensträßchen war ich nachts in Liebeszeiten brennend und verzweifelnd umhergewandert, den heißen Kopf voll von abenteuerlichen Plänen. Und hier war ich glücklich gewesen über den Gruß eines Mädchens und über die ersten schüchternen Gespräche und Küsse unserer Liebe.

»Ja, es zieht sich noch«, sagte der Kaufmann, »aber in zehn Minuten sind wir daheim.«

Daheim! dachte ich. Du hast gut reden.

Garten um Garten, Bild um Bild glitt an mir vorüber, Dinge, an die ich nie mehr gedacht hatte und die mich nun empfingen, als sei ich nur für Stunden fortgewesen. Ich hielt es nimmer im Wagen aus.

»Bitte, halten Sie einen Augenblick, ich gehe von hier vollends zu Fuß hinein.«

Etwas erstaunt zog er die Zügel an und ließ mich absteigen. Ich hatte ihm schon gedankt und die Hand gedrückt und wollte gehen, da hustete er und sagte: »Vielleicht sehen wir uns noch, wenn Sie im Schwäbischen Hof wohnen wollen. Darf ich um Ihren Namen bitten?«

Zugleich stellte er sich vor. Er hieß Herschel und war, ich konnte nicht zweifeln, Julies Mann.

Ich hätte ihn am liebsten erschlagen, doch nannte ich meinen Namen, zog den Hut und ließ ihn weiterfahren. Also das war Herr Herschel. Ein angenehmer Mann, und wohlhabend. Wenn ich an Julie dachte, was für ein stolzes und prächtiges Mädchen sie gewesen war und wie sie meine damaligen phantastisch kühnen Ansichten und Lebenspläne verstanden und geteilt hatte, dann würgte es mich im Halse. Mein Zorn war augenblicks verflogen. Gedankenlos in tiefer Traurigkeit ging ich durch die alte, kahle Kastanienallee in das Städtchen hinein.

Im Gasthaus war gegen früher alles ein wenig feiner und modern geworden, es gab sogar ein Billard und vernickelte Serviettenbehälter, die wie Globusse aussahen. Der Wirt war noch derselbe, Küche und Keller waren einfach und gut geblieben. Im alten Hof stand noch der schlanke Ahornbaum und lief noch der zweiröhrige Trogbrunnen, in deren kühler Nachbarschaft ich manche warme Sommerabende bei einem Bier vertrödelt hatte.

Nach dem Essen machte ich mich auf und schlenderte langsam durch die wenig veränderten Straßen, las die

alten wohlbekannten Namen auf den Ladenschildern, ließ mich rasieren, kaufte einen Bleistift, sah an den Häusern hinauf und strich an den Zäunen hin durch die ruhigen Gartenwege der Vorstadt. Eine Ahnung beschlich mich, daß meine Ilgenberger Reise eine große Torheit gewesen sei, und doch schmeichelte mir Luft und Boden heimatlich und wiegte mich in schöne Erinnerungen. Ich ließ keine einzige Gasse unbesucht, stieg auf den Kirchturm, las die ins Gebälk des Glokkenstuhls geschnitzten Lateinschülernamen, stieg wieder hinunter und las die öffentlichen Anschläge am Rathaus, bis es anfing zu dunkeln.
Dann stand ich auf dem unverhältnismäßig großen, öden Marktplatz, schritt die lange Reihe der alten Giebelhäuser ab, stolperte über Vortreppen und Pflasterlücken und hielt am Ende vor dem Herschelschen Hause an. Am kleinen Laden wurden gerade die Rolläden heruntergelassen, im ersten Stockwerk hatten vier Fenster Licht. Ich stand unschlüssig da und schaute am Hause hinauf, müde und beklommen. Ein kleiner Junge marschierte den Platz herauf und pfiff den ›Jungfernkranz‹; als er mich dastehen sah, hörte er zu pfeifen auf und sah mich beobachtend an. Ich schenkte ihm zehn Pfennig und hieß ihn weitergehen. Dann kam ein Lohndiener und bot sich mir an.
»Danke«, sagte sich, und plötzlich hatte ich den Glokkenzug in der Hand und schellte kräftig.

# Julie

Die schwere Haustür ging zögernd auf, im Spalt erschien das Gesicht einer jungen Dienstmagd. Ich fragte nach dem Hausherrn und wurde eine dunkle Treppe hinaufgeführt. Im Gang oben brannte ein Öllicht, und während ich meine angelaufene Brille abnahm, kam Herschel heraus und begrüßte mich.

»Ich wußte, daß Sie kommen würden«, sagte er halblaut.

»Wie konnten Sie das wissen?«

»Durch meine Frau. Ich weiß, wer Sie sind. Aber legen Sie, bitte, ab. Hier, wenn ich bitten darf. – Es ist mir ein Vergnügen. – Oh, bitte. So, ja.«

Es war ihm offenbar nicht sonderlich wohl, und mir auch nicht. Wir traten in ein kleines Zimmer, wo auf dem weißgedeckten Tisch eine Lampe brannte und zum Abendessen serviert war.

»Hier also. Meine Bekanntschaft von heute morgen, Julie. Darf ich vorstellen, Herr – –«

»Ich kenne Sie«, sagte Julie und erwiderte meine Verbeugung durch ein Nicken, ohne mir die Hand zu geben.

»Nehmen Sie Platz.«

Ich saß auf einem Rohrsessel, sie auf dem Diwan. Ich sah sie an. Sie war kräftiger, schien aber kleiner als früher. Ihre Hände waren noch jung und fein, das Gesicht frisch, aber voller und härter, noch immer stolz, aber gröber und glanzlos. Ein Schimmer von der ehemaligen Schönheit war noch vorhanden, an den Schläfen und in den Bewegungen der Arme, ein leiser Schimmer – –

»Wie kommen Sie denn nach Ilgenberg?«
»Zu Fuß, gnädige Frau.«
»Haben Sie Geschäfte hier?«
»Nein, ich wollte nur die Stadt wieder einmal sehen.«
»Wann waren Sie denn zuletzt hier?«
»Vor zehn Jahren. Sie wissen ja. Übrigens fand ich die Stadt nicht allzusehr verändert.«
»Wirklich? Sie hätte ich kaum wiedererkannt.«
»Ich Sie sofort, gnädige Frau.«
Herr Herschel hustete.
»Wollen Sie nicht zum Abendessen bei uns vorliebnehmen?«
»Wenn es Sie nicht stört –«
»Bitte sehr, nur ein Butterbrot.«
Es gab jedoch kalten Braten mit Gallerte, Bohnensalat, Reis und gekochte Birnen. Getrunken wurde Tee und Milch. Der Hausherr bediente mich und machte ein wenig Konversation. Julie sprach kaum ein Wort, sah mich aber zuweilen hochmütig und mißtrauisch an, als möchte sie herausbringen, warum ich eigentlich gekommen sei. Wenn ich es nur selber gewußt hätte!
»Haben Sie Kinder?« fragte ich, und nun wurde sie ein wenig gesprächiger. Schulsorgen, Krankheiten, Erziehungssorgen, alles im besseren Philisterstil.
»Ein Segen ist ja die Schule trotz alledem doch«, sagte Herschel dazwischen.
»Wirklich? Ich dachte immer, ein Kind sollte möglichst lange ausschließlich von den Eltern erzogen werden.«
»Man sieht, Sie selber haben keine Kinder.«
»Ich bin nicht so glücklich.«

»Aber Sie sind verheiratet?«
»Nein, Herr Herschel, ich lebe allein.«
Die Bohnen würgten mich, sie waren schlecht entfädet.
Als das Essen abgetragen war, schlug der Mann eine Flasche Wein vor, was ich nicht ablehnte. Wie ich gehofft hatte, ging er selber in den Keller, und ich blieb eine Weile mit der Frau allein.
»Julie«, sagte ich.
»Was beliebt?«
»Sie haben mir noch nicht einmal die Hand gegeben.«
»Ich hielt es für richtiger –«
»Wie Sie wollen. – Es freut mich zu sehen, daß es Ihnen gut geht. Es geht Ihnen doch gut?«
»O ja, wir können zufrieden sein.«
»Und damals – sagen Sie mir, Julie, denken Sie nie mehr an damals?«
»Was wollen Sie von mir? Lassen wir doch die alten Geschichten ruhen! Es ist gekommen, wie es kommen mußte und wie es für uns alle gut war, meine ich. Sie haben schon damals nicht recht nach Ilgenberg hereingepaßt, mit allen Ihren Ideen, und es wäre nicht das Richtige gewesen –«
»Gewiß, Julie. Ich will nichts Geschehenes ungeschehen wünschen. Sie sollen nicht an mich denken, gewiß nicht, aber an alles andere, was dazumal schön und lieb war. Es ist doch unsere Jugendzeit gewesen, und die wollte ich noch einmal aufsuchen und ihr ins Auge sehen.«
»Bitte, reden Sie von anderem. Für Sie mag es anders sein, aber für mich liegt zuviel dazwischen.«

Ich sah sie an. Alle Schönheit von damals hatte sie verlassen, sie war nur noch Frau Herschel.
»Allerdings«, sagte ich grob und hatte nichts dagegen, als nun der Mann mit zwei Flaschen Wein zurückkam.
Es war schwerer Burgunder, und Herschel, der sichtlich kein Weintrinker war, begann schon beim zweiten Glase anders zu werden. Er fing an, seine Frau mit mir zu necken. Als sie nicht darauf einging, lachte er und stieß sein Glas an meines.
»Zuerst wollte sie Sie gar nicht ins Haus haben«, vertraute er mir an.
Julie stand auf.
»Entschuldigen Sie, ich muß nach den Kindern sehen. Das Mädel ist nicht ganz wohl.«
Damit ging sie hinaus, und ich wußte, sie würde nicht zurückkommen. Ihr Mann machte zwinkernd die zweite Flasche auf.
»Sie hätten das vorher nicht sagen dürfen«, warf ich ihm vor.
Er lachte nur.
»Lieber Gott, so grätig ist sie schließlich nicht, daß sie das übelnimmt. Trinken Sie doch! Oder schmeckt Ihnen der Wein nicht?«
»Der Wein ist gut.«
»Nicht wahr? Ja, sagen Sie, wie war denn das nun damals mit Ihnen und meiner Frau? Kindereien, was?«
»Kindereien. Doch tun Sie besser, nicht davon zu reden.«
»Gewiß – freilich – ich will ja nicht indiskret sein. Zehn Jahre ist es her, nicht?«

»Verzeihen Sie, ich muß es vorziehen, jetzt zu gehen.«
»Warum denn schon?«
»Es ist besser. Vielleicht sehen wir uns ja morgen noch.«
»Na, wenn Sie durchaus gehen wollen –. Warten Sie, ich leuchte Ihnen. Und wann kommen Sie morgen?«
»Nach Mittag, denke ich.«
»Also gut, zum schwarzen Kaffee. Ich begleite Sie ins Hotel. Nein, ich bestehe darauf. Wir können ja dort noch etwas zusammen nehmen.«
»Danke, ich will zu Bett, ich bin müde. Empfehlen Sie mich Ihrer Frau, bis morgen.«
Vor der Haustür schob ich ihn ab und ging allein davon, über den großen Marktplatz und durch die stillen dunkeln Straßen. Ich lief noch lange in der kleinen Stadt herum, und wenn von irgendeinem alten Dach ein Ziegel gefallen wäre und hätte mich erschlagen, so wäre es mir auch recht gewesen. Ich Narr! Ich Narr!

## Nebel

Am Morgen wachte ich zeitig auf und beschloß, sogleich weiterzuwandern. Es war kalt, und ein Nebel lag so dicht, daß man kaum über die Straße sah. Frierend trank ich Kaffee, bezahlte Zeche und Nachtlager und ging mit langen Schritten in die dämmernde Morgenstille hinein.
Rasch erwarmend ließ ich Stadt und Gärten hinter mir

und drang in die schwimmende Nebelwelt. Das ist immer wunderlich ergreifend zu sehen, wie der Nebel alles Benachbarte und scheinbar Zusammengehörige trennt, wie er jede Gestalt umhüllt und abschließt und unentrinnbar einsam macht. Es geht auf der Landstraße ein Mann an dir vorbei, er treibt eine Kuh oder Ziege oder schiebt einen Karren oder trägt ein Bündel, und hinter ihm her trabt wedelnd sein Hund. Du siehst ihn herkommen und sagst grüß Gott, und er dankt; aber kaum ist er an dir vorbei und du wendest dich und schaust ihm nach, so siehst du ihn alsbald undeutlich werden und spurlos ins Graue hinein verschwinden. Nicht anders ist es mit den Häusern, Gartenzäunen, Bäumen und Weinberghecken. Du glaubtest die ganze Umgebung auswendig zu kennen und bist nun eigentümlich erstaunt, wie weit jene Mauer von der Straße entfernt steht, wie hoch dieser Baum und wie niedrig jenes Häuschen ist. Hütten, die du eng benachbart glaubtest, liegen einander nun so ferne, daß von der Türschwelle der einen die andere dem Blick nicht mehr erreichtbar ist. Und du hörst in nächster Nähe Menschen und Tiere, die du nicht sehen kannst, gehen und arbeiten und Rufe ausstoßen. Alles das hat etwas Märchenhaftes, Fremdes, Entrücktes, und für Augenblicke empfindest du das Symbolische darin erschreckend deutlich. Wie ein Ding dem andern und ein Mensch dem andern, er sei wer er wolle, im Grunde unerbittlich fremd ist, und wie unsere Wege immer nur für wenige Schritte und Augenblicke sich kreuzen und den flüchtigen Anschein der Zusammengehörigkeit, Nachbarlichkeit und Freundschaft gewinnen.

Verse fielen mir ein, und ich sagte im Gehen leise vor mich hin:

Seltsam, im Nebel zu wandern!
Einsam ist jeder Busch und Stein,
Kein Baum sieht den andern,
Jeder ist allein.

Voll von Freunden war mir die Welt,
Als noch mein Leben licht war;
Nun, da der Nebel fällt,
Ist keiner mehr sichtbar.

Wahrlich, keiner ist weise,
Der nicht das Dunkel kennt,
Das unentrinnbar und leise
Von allen ihn trennt.

Seltsam, im Nebel zu wandern!
Leben ist Einsamsein.
Kein Mensch kennt den andern,
Jeder ist allein.